異世界の路地裏で育った僕、商会を設立して幸せを届けます

2

Author
mizuno sei
Illust.
キャナリーヌ

主な登場人物
ジーク
パワー系冒険者。少々短気な一面はあるものの、情に厚く頼りになる。
ルート
路地裏育ちの心優しい少年。男子高校生だった前世の記憶を持ち、今世では貧しい街の人たちを助けるために奮闘中。
リーナ
青狼族の冒険者。普段はクールだが、たまに見せる笑顔が最高に可愛い。

クラウス
毒沼のダンジョンのガーディアン。進化してさらに強く、大きくなった。
ビオラ
ハウネスト聖教国の神官長。世界を変えるキーパーソン……?
ジャスミン
毒沼のダンジョンそのものの分体。黒髪ぱっつんヘアがチャームポイント。
シルフィー
カラドリオスという鳥の魔物。ヒナから育てた、ルートの従魔。

第一章　動き出した計画

ルート・ブロワーは転生者である。前世は工業系の学科に通う普通の高校生で、道原進示という十七歳の少年だった。

彼は、ある日不慮の事故で転落死してしまい、グランデル王国にあるポルージャという街のスラムの一角で、ミーシャという娼婦の息子として生まれ変わる。

ルートは、母親や娼婦たちからの愛情をいっぱい受けて、心優しい少年に育っていった。

温かい人々に囲まれ、ルートはとても幸せだったが、スラム街は社会の最下層である。搾取に耐えられず、あるいはそれに反抗してここに逃げ込んだ人々が作った、社会の吹き溜まり……老人や子供たちが、あたりまえのように行き倒れ、餓死してその屍をさらす。

そんなスラム街の状況を目の当たりにし、ルートは激しく胸を痛め、恐怖を覚えた。その悲惨な姿は明日の自分、愛する母、その仲間たちかもしれないのだ。

だから、ルートは強く心に誓った。この悲惨な状況から抜け出し、愛する母やその仲間の娼婦たちを救い出すことを。

そのためには、『お金を稼ぎながら、多くの人たちが働ける場所』が必要だ。

ルートは前世の記憶と魔法を活かしながら、様々な商品を発明し、商会を作ろうと考えた。

どんな商品を最初に売り出すか、悩んでいたルートは、ダンジョン探索のために立ち寄った隣国の国境の街ボーゲルで、大きなヒントを得る。そして、ものや人を早く運ぶための新しい乗り物を作るために、その動力源となる『魔導式蒸気機関』を開発するのだった……

『魔導式蒸気機関』の試運転から三日後、ルートは朝からポルージャの商業ギルドを訪れていた。

二日で『魔導式蒸気機関』の全体図、各部品とその材質、実験のときの簡単なデータなどを二部描き上げ、その一部を手に持っていた。特許を申請するのである。

最初、ルートはこのアイデアのきっかけをくれたボーゲルの街の商業ギルドマスター、エドガーに特許を申請しようかと考えた。そして、鍛冶屋の親方をしているボーグに相談したら、彼は今ルートが住んでいるポルージャの商業ギルドに申請すべきだ、と言うのだった。

確かに、商会の本店をこの街に置き、生活の本拠地も変えないのならば、商業ギルドや領主に睨まれるのは避けたいところだ。

『魔導式蒸気機関』は画期的な発明であり、これを使った新しい乗り物は、どれだけ大きな社会的変革をもたらすか予想もつかない。

ボーグの意見に納得したルートは、エドガーに申し訳ないと思いつつ、このポルージャの街で特許を申請することにしたのだ。

「おはようございます」

「いらっしゃいませ、ブロワー様、本日はどのようなご用件でしょうか？」

受付のリディアが、にこやかな顔で応対する。

「ええっと、特許の申請に来たのですが……」

「特許ですか、承知しました。では、二階へご案内します。どうぞこちらへ」

リディアのあとについて、階段を上り、特許係の窓口へ向かう。

「ドランさん、お願いします。申請の方です」

「はい、了解です」

仕事をしていた四十代くらいの男性職員が、書類を置いて立ち上がる。

リディアは軽くお辞儀をすると、階下へ下りていった。

「ん？　申請するって、君かい？」

「あ、はい、そうです」

ドランは客がまだ幼い少年であることに、いぶかしげな表情をした。

「それで、どんなものを申請するのかね？」

「はい、これです」

ルートは封筒に入れた三枚の図面を取り出して、ドランに手渡した。

「ふむ、『魔導式蒸気自動馬車』？　……ん？　……ほう。ううむ……」

図面を眺めながら、ドランは首をひねり、感心し、頷き、唸り声を上げた。

「これは、実際に完成したのかね？」

「はい、五分の一の大きさの試作品ですが、三日前、動力源の試運転に成功しました」

「そうか……いや、驚いたよ。こんなの見たこともない、すごいよ。できればその動力源の完成品を見てみたいんだが、持ってこれるかい？」

「ああ、重くて僕一人じゃ無理ですね。工房の中に置いてあるんです。見にきていただく分には構いませんが……」

「ふむ、分かった、これから見にいこう。ちょっと下で待っててくれないか？」

「あ、はい、分かりました」

ルートはすぐにでも特許申請の手続きをしたかったのだが、世界中の誰もが初めて見る機械だし、図面だけでは信じられないのかもしれないと思い、ドランとともに工房に向かうことにした。

ロビーでドランが準備するのを待っていると、周囲の客たちが急にざわめきだす。

「おい、ギルドマスターだぞ」

「なんだろう？　珍しいな。めったに外に出ない人なのに」

ルートの近くに立っていた男たちが、そんな会話をしている。

そしてざわめきの中を通り抜け、高価なコートを着た男とドランがルートのもとに近づいてきた。

「待たせたね。こちらは、ここのギルドマスターのベンソンさんだ」

ドランが隣に立つ男を紹介する。

「あ、初めまして、ルート・ブロワーです」

「うむ。本当に少年なのだな」

六十代前半くらいの白髪(しらが)交じりの茶髪(ちゃぱつ)の老人は、眼鏡(めがね)の奥から鋭い視線をルートに送った。

「じゃあ、案内してくれ」

ベンソンにそう言われ、ルートたちは周囲の好奇の視線に見送られ、外に出た。そしてボーグの工房へと向かったのだった。

◇　◇　◇

「なんだ、あんたまで来たのか？」

「久しぶりだな、ボーグ。この少年はお前の弟子だったのか？」

ボーグとベンソンは旧知の間柄である。

腕のいい鍛冶職人として有名なボーグは、商業ギルドにとっても、囲い込んでおきたい大事な取引相手なのだ。

「いや、弟子じゃない。大事な仕事のうえでの相棒で、わしらの雇い主だ」

「お、親方、それはまだ気が早いですよ」

「な、なんと、雇い主だと？　この少年がか？」

「うむ、まあ、その話はあとでしよう。あんた、あれを見にきたんだろう？　驚くぞ」

ボーグはにやりと笑みを浮かべながら、ドランとベンソンを奥へ連れていった。それから十分後、コートを脱ぎ捨てた二人の男たちは、蒸気機関にかじりついて何度も唸り声を上げていた。

「どうやってこんなものを考えついた？　小僧、お前、誰に教わったんだ？　それとも、誰かの設計図を盗んだのか？」

ベンソンの言葉を、ルートは腹に据えかねたが、努めて冷静にこう答えた。

「……ああ、ベンソンさん。実はハウネスト聖教国のボーゲルという街の商業ギルドに、エドガーさんというギルドマスターがいるんですが……」

「エドガーだと……やつがどうした？」

「ああ、お知り合いでしたか。いや、そのエドガーさんは、速くて安全な輸送手段を考えついたら、ぜひ自分のもとに持ってきてくれと、おっしゃっているんです。だから、無理にポルージャのギルドで承認していただかなくても構わないのです」

「む……ま、待て、なにを言っておる……」

ベンソンは興奮のあまり、自分がつい失礼なことを口走ってしまったことに気づいたが、子供に謝ることをためらった。

「あ、あの、ブロワー君、もちろんうちのギルドで扱わせてもらうよ、ねえ、ギルマス？　あは、はは……」

ドランの言葉に、ルートは苦々しい表情でため息を吐いた。

「どうして固定観念に縛られて、人間が持っている色々な可能性や能力を疑うのでしょうか？　特許なんて取らず、勝手に作って、欲しい人に売りますよ。技術を盗みたければ盗めばいい。そしたら、僕はもっと高度な、誰にも真似できないものを作り出すまでです」

ルートは今まで溜まっていたうっぷんを晴らすかのように、一気にまくし立てる。

これまでも、子供だからと能力や成果を疑われたことが度々あったのだ。

さらに、スラム街で育ったルートは身分や見た目で不当な扱いをされる人をたくさん見てきた。

ベンソンにとっては何気ない一言でも、特許の申請をやめにするくらいには、ルートには嫌な気持ちになる一言だったのだ。

ベンソンとドランは、思いがけない少年の痛烈な言葉に、青ざめてすぐには返事ができない。

「ルートがそうしたければ、そうするがいい。わしはついていくだけだ」

ボーグはさっぱりとした顔で、そう言った。

ベンソンはこめかみをヒクヒクさせながら、ルートを睨みつける。

「こんなとんでもない発明をしておいて、特許も取らず、欲しい人に売るだと？　お前はギルドを、いや、この国を敵に回すつもりか？」

「どんな人間にも好きな場所で生きる権利はあります。それさえも奪おうというのなら、とことん戦いますよ」

ベンソンは深いため息を吐いて、じっと下を向いて考え込んだ。

「わしが謝れば、特許を申請してくれるのか？」

「すぐにそうすべきでしたね。子供だから謝れない、というプライドがなににになるというんです」

「き、君、言葉が過ぎるぞ」

「待て、ドラン……分かった、謝ろう。さっきはつい傷つけるようなことを言ってすまなかった。どうか許してくれ」

ベンソンがそう言って頭を下げると、ドランも一緒に頭を下げた。

「分かりました、謝罪を受け入れます。申請にはなにが必要でしょうか？」

ルートの言葉に、二人の男はほっとしたように顔を上げた。

「契約書を作らねばならん。カードを持って一緒に来てくれ」

「分かりました、行きましょう。親方、ご迷惑をおかけしました。行ってきます」

「ああ、また気に入らんことがあったら、さっさと帰ってこい」

「ボーグ、余計なことを……さあ、行くぞ」

こうして『魔導式蒸気機関』の実物を確認した一行は、『魔導式蒸気自動馬車』の特許を承認すべく、またポルージャの商業ギルドに向かったのだった。

◇　◇　◇

ポルージャの商業ギルドに戻ったあと、『魔導式蒸気自動馬車』の特許申請は無事に受理され、早々に契約まで交(か)わされた。

その内容は、特許使用料を八十万ベニーとすること。今後、使用料が発生した場合は、八十万ベニーのうちその三割をギルドが、七割をルートが受け取ること。特許の維持料(いじりょう)として、毎年六万ベニーをギルドに納入(のうにゅう)すること、などであった。契約の内容は、この世界では一般的なものだ。

ギルマスのベンソンは、人間的にはいけ好(す)かない人物だが、ビジネスと割り切って付き合う分には問題はないようである。

ギルド長室で、ルートはその契約書にサインした。

「これで契約成立だ。口座は今までのものでいいかね？」

ベンソンはルートと握手を交わしたあと、急に笑顔を浮かべて、そう尋(たず)ねた。

「はい、構いません。それと、早急に工房を用意したいと思います。従業員を二十名ほど雇える広い工房です。中心街からそれほど遠くなくて、周囲への騒音(そうおん)とかを気にしなくてもいいような場所は売りに出ていないでしょうか？」

ルートの問いに、ベンソンは少し考えてから答えた。

「ふむ、そうだな……候補地(こうほち)はいくつかある。今から見にいくなら、案内させよう」

「お願いします」

商業ギルドの専用馬車が、ポルージャの街の中をゆっくりと進んでいく。

ルートは案内役のリディアとともに、工房の候補地を見にきていた。

「この先が最初の物件です」

馬車の窓から顔を出しながら、リディアが言う。

そこは、街の中心から北へ三〇〇メートルほど行った川の近くだった。元々は川船を使って商品の輸送をしていた業者が、倉庫として使っていた場所だが、王都に移転するということで売りに出されたという。

倉庫は鉄板製で、屋根が一部壊れていたが、広さ的には問題なかったし、周囲にも住居はなく、騒音の苦情も心配なさそうだった。

「ふむ……街からもそんなに遠くないし、いい場所ですね」

「ええ、おすすめですよ。この広さで一五〇〇万ベニーはお安いですしね」

こうして、ルートはリディアの案内で、あと二件の物件を見て回った。

「リディアさん、ついでに商品を販売する店も探したいのですが、中心街でなくても構いませんから、どこかおすすめの物件はありませんか？」

「なるほど。ふふふ……そういうことなら、このリディアにお任せください」

リディアは胸を突き出して、拳で叩きながらそう言った。

そして、御者に指示を出し、しばらくして馬車が止まる。

「ここが、私のイチオシの物件です」

リディアはそう言って馬車の外に出ていった。ルートもそのあとについていく。

そこは街の中心から少し西へ行った商店街の一番端だった。市場と教会のちょうど中間くらいの場所だ。さらに北へ行くと川があり、その川沿いに上流へ一五〇メートルほど行くと、最初に見た倉庫の物件がある。

建物は二階建てで、横十八メートル、奥行き二十メートルほどの石造りだった。

ルートが考えていたものより、少し小さかったが、建物の横に広い停車場があるのはいい。

もとの持ち主の商人が、店舗兼事務所として建てたらしい。年を取って体の具合が悪くなったので、店をたたみ、ガルニアで侯爵家の騎士になった息子のもとに身を寄せることになったとか。

「なかなかいいですね、気に入りました。リディアさん、では、ここと最初に見た倉庫を二件とも購入します」

「えっ、二ついっぺんにですか？」

「はい、いくらになりますか？」

「え、ええっと、こちらの物件は二八〇〇万ベニーですので、両方で四三〇〇万ベニーになります」

「いっぺんに全額お支払いするので、四〇〇〇万ベニーきっちりになりませんか？」

リディアはうーんと考え込んでいたが、やがて顔を上げてルートを見た。

「三〇〇万となると、ギルマスに相談しないと決められません。でも、お任せください、必ず頷かせてみせます」

リディアは胸の前で拳を握ると、ルートに馬車に乗るように促した。

そして、リディアの奮闘もあって、ルートは二つの物件を四〇〇〇万ベニーちょうどで購入することができ、その日のうちに購入手続きもすませた。許可が下りたのは、ベンソンの謝罪の気持ちも少しは含まれていたのかもしれない。ともあれ、こうして、ルートは目標だった自分の商会を設立するための、大きな一歩を踏み出したのだった。

◇　◇　◇

ルートが『魔導式蒸気自動馬車』の特許を申請してから、あっという間に四か月が過ぎ去った。

最初に売り出す商品を決め、いざ商会を設立しようとしたものの、ルートはなにから始めればいいのかさっぱり分からなかった。

そこで、この四か月間は、どうすれば商会を立ち上げられるのか調べたり、各地の商会や商業ギルドに聞き込みにいったり、下準備にたくさん時間を使うことにしたのだ。

ようやく、商会設立の目処がつき、ルートは工房を建てる土地の整備や、商会本店の準備などを頑張ろうとしていた。そして、その一方でルートとパーティを組んでいるリーナとジークも、大事な役割を任されている。

この日、二人は王国の西の果てにある、リンドバル辺境伯領を目指していた。

「いい天気だな」

「ん、よすぎて少し暑い」

春も半ばにさしかかり、日差しが日ごとに強くなっているように感じられる。

コルテスの街を出てしばらくすると、周りの景色が、手つかずの自然が残る鬱蒼とした森になってきた。

「ほら、遠くに雪を被った山脈が見えるだろう？　あれがグランデル王国と俺の故郷、サラディン王国との国境に聳える、アントネシア山脈。通称『竜の背骨』だ」

ジークが御者席から山脈を指し示しながら、荷台に乗っているリーナに、そう言った。

「すごいね。下はこんなに暑いのに、雪が積もってる……ジークはあの山を越えてきたの？」

「まさか……空が飛べるなら越えられるだろうがな。俺は船で海を渡ったんだ」

「ん、そうなんだ……それにしても暑い」

リーナはそう言いながら、手でパタパタと自分に風を送る。

「あの山脈のせいで、雨雲がこっち側にせき止められて、このあたりは雨が多くて蒸し暑いんだ。逆に山脈の向こう側は雨が降らない砂漠の国なんだよ」

ジークの故郷は過酷な環境だったのか、過去を思い出すように、いまいましげに山脈の向こうを睨んだ。

さて、二人がなぜこんな場所に来ているかというと、ルートに、あるものを探してきてくれと頼まれたからだった。それは、『ゴムの木』だ。

ルートは、雨が多くて気温が高い王国の西のほうには、『ゴムの木』や『コーヒーの木』があるかもしれないと考えた。そして、二人に木の特徴を描いた絵と説明書きを渡して、探してみてほしいと頼んだのである。どちらも、今のところこの世界では流通していない。もし見つかれば、大変な発見になる。まさに『金の生る木』なのだ。

リンドバル辺境伯領の領都リンドバルの街に着いた二人は、早速このあたりで一番大きいという材木を取り扱う商会の場所を聞いて、そこへ出向いた。

どうやら現場の責任者は不在なようで、二人はあちこちに木材が山積みされた広場の片隅にある事務所に通され、お茶を飲みながら待つ。

「用があるっていうのは、お前さんたちか？　俺がここの人夫頭のロイドだ」

しばらくすると、二人のもとへ、たくましい体の三十代後半くらいの男が現れた。

「ああ、そうだ。木のことならあんたが一番詳しいって聞いてね。俺はジーク、こいつはリーナだ。ポルージャから来た」

「ほお、わざわざそんな遠いところから、どんな用で来たんだ？」

「俺もこいつも説明が苦手なんでね、まず、これを見てくれ」

ジークはそう言って、ルートから預かってきた木のイラストと説明書きを見せた。

「俺たちのボスが言うには、その二つの木は、黄金がザクザク手に入るようになる『金の生る木』らしい」

「ふむ……『ゴムの木』に『コーヒーの木』ねぇ……名前は全く違うが、似たような木は見たことがある。特に、このゴムの木は、説明に書いてあるように、木の幹を傷つけると白い樹液が出てくるから間違いないだろう。このあたりじゃ、『ボコダの木』って呼んでいる」

ジークとリーナは思わず顔を見合わせて喜び合った。

「っしゃあ！　『金の生る木』ゲットだぜ。それで、ロイドさんよ、その『ボコダの木』は貴重な木なのか？」

「いや、まさか……ボコダはこの辺の言葉で『寝小便』って意味なんだ。もろくて材木にもならねえし、べたべたするし、役立たずで燃やすしかねえ木さ。こんな木が金になるなんて、なにかの間違いじゃないのか？」

「ふふふ……俺たちのボスが間違うわけがないさ。よし、ロイドさんよ、よく聞け。その『ボコダの木』は全て俺たちで買い取る。ただし、伐採するんじゃなく、そこの三枚目に書いてあるように、地面に生えた状態のまま買い取る。リーナ……」

驚きぽかんとしているロイドに、今度はリーナが契約書を差し出す。

「ん、そこに書いてあるように、直径三十センチの木は五〇〇〇ベニー、それをもとに、十センチ大きくなるごとに一〇〇〇ベニーずつ増やす。逆に、小さくなるごとに一〇〇〇ベニーずつ減らす。五センチ以下の木は残しておいてくれれば、十本ごとに毎年五〇〇〇ベニー払う。これでいいなら、会長さんにサインもらってきて」

ロイドはわけが分からないまま、この降って湧いた儲け話に乗せられて、貯木場の向かいにある商会の本部へ走っていった。

ジークとリーナがガッツポーズをしながら待っていると、五分ほど経った頃、ロイドとその後ろから太ったどじょう髭の男が、汗を拭きながら走ってきた。

「会長のポチョルさんが、詳しい話を聞きたいそうだ」

ロイドは荒い息を吐きながらそう言い、会長らしい太った男はハアハアと息を切らしながら、まだ膝に両手をついて下を向いている。

「はあ……はあ……わしが……会長の……ポチョルだ……はあ……ロイドから聞いたが、この契約書の……内容は、本当なのか？」

「ああ、もちろん本当だぜ」

「信じられんな。あの『ボコダの木』にそんな値打ちがあるなんて」

ポチョルはようやく息を整えて、額の汗を拭きながら二人を見る。

「ああ、まあそうだろうな。実は、さっきロイドさんに渡した紙に書かれている二本の木から、『あるもの』が採れるんだ。木そのものを使うわけじゃねぇ。そいつは、市場に出れば馬鹿みたいに売れる。だから、ボスは今のうちに木を確保しておきたいわけだ」

「ん、ボスは天才で神の子、信じるべき。ここに、とりあえず二〇〇万ベニーある。中を確かめて」

ジークの言葉に頷きながら、リーナも得意げに言った。

「に、二〇〇万……」

ポチョルとロイドは目を丸くし、差し出された革袋を震えながら受け取った。そして、中に入っている二十枚の金貨に息を呑んだ。

「た、確かに……で、では、我々は、『ボコダの木』を確保するだけでこの金がもらえるのか？」

「ああ、今はそれだけでいい。木こりたちに、『ボコダの木』を切らないように通達してくれ。それと、もう一つの『コーヒーの木』も、あったら切らないようにしてくれ。しばらくしたらまた来るから、よろしく頼むぜ」

　ポチョルはそれを約束し、契約書にサインする。

　こうして、二人は見事ルートの依頼を達成し、意気揚々とポルージャへの帰路に就いたのだった。

　ジークとリーナが『ゴムの木』と『コーヒーの木』を探している間、ルートも別の素材の輸入先を確保するため、行動する。ポルージャの冒険者ギルドを通して、コルテスの冒険者ギルドのマスター、ゲインズに連絡してもらった。そして、『毒沼のダンジョン』から、黄鉄鉱とチタン結晶をできるだけ大量に採掘して持ってきてもらうクエストの依頼を出した。
『毒沼のダンジョン』はかつて、ルートたちが最下層までたどり着き、たくさんの鉱石や宝石を発見したダンジョンだ。
　黄鉄鉱は主にタイヤゴムに必要な硫黄の原料として、チタンは鉄と《合成》して『魔導式蒸気自動馬車』のホイールや骨組みに使うために必要だった。
　買取価格は輸送費込みで、黄鉄鉱一キログラムあたり三〇〇ベニー、チタン結晶は一キログラムあたり八〇〇ベニーとした。

金属の《合成》はルート自身がやるので、その分浮いたお金を価格に上乗せした。一般の鉱山から出る鉱石の価格と比べると破格の値段だ。

冒険者たちは競って鉱石を運んでくるに違いない。

(あ、そうだ、クラウスに連絡して、十階層まで安全に冒険者を導くように言っておかないと。う〜ん、ジークたちはまだ帰ってこないしな……僕が行か……ん、待てよ)

ルートはふと横で、さかんに可愛い声でさえずっている従魔、カラドリオスのシルフィーに目を向けた。

ちなみにクラウスは、『毒沼のダンジョン』を守っているガーディアンだ。

シルフィーは初めて出会ったときから少し大きくなり、可愛らしさも残しつつ、精悍な姿に成長した。常にルートの後ろをついて歩く姿は、ポルージャの街の人々にもすっかりお馴染みとなり、アイドル的存在になっている。

「シルフィー、ジークとリーナに手紙を届けることはできるかい?」

ルートは、現在西の果てのリンドバル辺境伯領に向かっているはずの二人に、帰りに『毒沼のダンジョン』に立ち寄ってもらい、クラウスへの指示を伝えてもらおうと思ったのだ。

ルートの言葉を聞いたシルフィーは、ちょこんと首を傾げてじっとルートを見つめていたが、やがて首をまっすぐにして、『大丈夫だよ』というように「ピーッ」と一声鳴いた。

「よし、じゃあ今からメモを書いて、お前の足につけるからね」

ルートはそう言うと、常備しているメモ用の紙に鉛筆で指示を書き、ナイフで親指を傷つけ、血判を押した。クラウスが万が一、ジークたちの言葉に従わないときのためだ。

そのあと、雑貨屋で真鍮製のフックを買い、それを魔法で成型して、メモ紙入れの筒がついた足環を作った。

「これを曲げて……よし、こんなもんかな。帰ったらまた手直しするからね。じゃあ、ジークたちに届けてくれ、頼むよ」

「ピー！」

シルフィーは任せろと言わんばかりに、一声鳴くと、優雅に白い羽を伸ばして飛び立っていった。

「よし、次は工房建設だ」

シルフィーが西の方角へ飛び去っていくのを確認したあと、ルートは街の北のほうへ歩き出した。

◇◇◇

「さてと、じゃあまずはこの倉庫を取り壊して、整地するか」

ルートは川の近くの広い空き地に建つ、倉庫の前に立っていた。

リディアに案内され、街はずれの川沿いの石造りの二階建ての建物と、その上流にある倉庫を購入したとき、ルートは倉庫のほうを工房にすると決めていた。

もう一方の建物は、作った商品を売るための店にするのだ。

空き地の片隅には、昨日ボーグの工房で《合成》し、運送屋に運んでもらっていた合成石材の分厚い板や四角いブロックが積み上げられていた。この合成石材は、川底から集めた大量の砂利と、鉄くず、そして街外れの草原で採取した土を《合成》で一つにし、《火魔法》で焼き固めたものだ。

（まず、鉄分だけを《抽出》っと……）

スキル《抽出》を倉庫全体にかける。すると、倉庫は屋根から下へ向かって、まるで霧のように消えていき、同時に、ルートの足下には銀色に輝く鉄の粒が積み上がっていった。

倉庫があった場所には、鉄以外の物質が高く積み上がっている。

（とりあえず、こいつは鉄の延べ板にしておくか）

今度は《合成》のスキルで、足下に積み上がった鉄の粒を何枚かの鉄の板にしていく。

銀と見まがうかのような、輝く純鉄の延べ板が八枚できた。

このままでは、硬いがもろくて使えないので、必要なときに職人に焼き入れをしてもらって使うことにする。

「今度は整地だな。《土魔法》でちゃちゃっといきますか」

ルートはいったん敷地(しきち)の土を三十センチの深さで掘り起(ほりお)こした。そして、今度は頭の中で、テニスのクレーコートを思い浮かべ、魔力を放出した。

もし、その様子を見ていた者がいたら、きっと驚き腰(こし)を抜かしただろう。

たった今まで、雑草(ざっそう)が生(お)い茂(しげ)り、錆(さ)びた鉄骨の倉庫が建っていた場所が、ものの二十分も経たないうちに、真っ平らで硬い土でできた広々とした空き地になってしまったのだから。

「うん、上等、上等。さてと、続きは夜やろう。流石(さすが)に、建物をあっという間に作るのを見られたらまずいからな」

ルートはいったん家に帰って、夕食を食べてから出直そうと、歩きかけて止まった。

「ああ、この鉄の延べ板、どうしようか？　ここに置いておいたら、誰かが持っていく可能性があるな。こういうときは……《収納(しゅうのう)》！」

すると、鉄の延べ板がたちまちルートの持っていたカバンの中に消えてしまった。

「いや～、やっぱり《収納》の魔法は便利だな。これで安心っと」

◇◇◇

「じゃあ、母さん行くわね。夕飯ちゃんと食べるのよ」

「行ってらっしゃい」

家に帰ってきたルートは、夕方、仕事に出ていく母親を見送りながら黒パンを食べていた。

すると、不意に頭の中にあるイメージが飛び込んでくる。シルフィーがなにか訴えている映像だ。

そして、足下にはいつの間にか、スライムのリムとラムが来ていて、ルートの足下にぴったりとくっついている。リムはルートが森の中で見つけ、《テイム》し、従魔にしたスライムだ。

さらに、リムがもう一匹スライムを連れてきたので、新入りのスライムはラムと名づけた。

「ああ、リムとラムか。シルフィーが戻ってきたんだね？」

二匹のスライムはぴょんぴょんと二回跳ねる。肯定の合図だ。

リムもラムはレベルが5になった時点で、イメージをルートに伝えられるようになっていた。

言葉で伝えることはできないが、映像で伝えるのである。

ルートは急いでドアの外に出て、夕闇が覆い始めた空を見上げる。すると、屋根の端から真っ白な鳥が、優雅に羽を広げてゆっくりと舞い降りてきた。

「おかえり、シルフィー。ご苦労さん」

シルフィーにねぎらいの言葉をかけ、優しく撫でてやると、気持ちよさそうにさえずりながらルートの顔に体をすり寄せてきた。

足環につけられたメモ紙入れの蓋を開けると、中に返事のメモが入っていた。

ルートへ
びっくりしたよ、シルフィーが飛んでくるなんて。リーナは大喜びしている。
指示については、了解した。今からコルテスの街に向かう。帰るのは三日後だ。
ジーク

ルートはメモをポケットにしまうと、部屋に帰ってシルフィーとリム、ラムに餌を与える。

「じゃあ、皆で留守番をよろしくね。行ってくるよ」

ルートはそう言うと、カバンを肩に斜めにかけて、外へ出ていった。

夕食もすんだことだし、今夜のうちに工房と商品を売る店を建てようと、張り切って空き地に向かう。

◇　◇　◇

すっかり暗くなった空の下、昼間きれいに整地した空き地に立って、ルートは図面に描いて何度も見直した工房の設計図を思い浮かべる。

（まず基礎の部分は二メートル掘り下げて、合成石材で固める。柱の土台を周囲に十六個と、内側に四つ……よし、いくぞ）

ゆっくりと手を動かしながら、慎重に基礎の部分の土を取り除き、邪魔にならないところに積み上げていく。

次に掘り下げた大きな長方形の穴に、空き地の隅に置いてある石材の板を敷き詰め、柱の土台として作った、真ん中に丸い穴の開いた一辺が五十センチのブロックを置いていく。

そのつなぎ目を魔法できれいにくっつけると、基礎部分の完成だ。

「ふう……やっぱり物体の移動は魔力を使うなぁ。大きさや重さは関係ないみたいだけど……」

マジックポーションを飲み、休憩しながら、ルートはつぶやいた。

魔力をポーションで回復しつつ、ルートの作業は続く。

掘り起こした土と、昼間倉庫を解体したときにできた鉄以外の成分の砂を《合成》して、二十センチメートル×三十センチメートルの直方体のブロックを大量に作り、それを《火魔法》で焼き固める。

そして、そのレンガを壁になる部分に積み上げていく。

石材の余りから、《抽出》で石灰を取り出し、水と砂と《合成》して即席の生コンクリートを作り、レンガ同士はそれでつないでいった。

柱の部分は、土台の穴に鉄のパイプを差し込み、合成石材のブロックの中心に穴を開け、次々に鉄の棒に通して積み上げた。つなぎ目は《合成》をかけてならしていく。

屋根の部分は、まずは鉄で骨組みを作り、平らに石材の板を敷き詰め、レンガで作った煙突を三本立てた。こうして、二時間ほどで、工房の外側の部分は完成した。同じ要領で、工房の横にさらにもう一つ工房を作る。木を加工する木工用と、鍛冶用の二つの工房を作ったのだ。

さらに資材を置くための倉庫も作る。

「工房の内装は職人さんたちの意見を聞きながら、少しずつ作るとしよう。次は、店のほうだな」

休む間もなく、ルートは川沿いを歩いて、購入したもう一つの物件へと向かう。

到着して、改めて石造りの建物を確認すると、大部分は今のまま使えそうだった。

しかし、ルートはどうしても、前世で食べ慣れた料理を出せるレストランを作りたかった。

建物は店舗兼事務所になっていて、二階が事務所だったので、そこをなくし、一階の奥の部分を壁で仕切って事務所を置くことにした。

こうすれば、一階は色々な商品を売る店舗、階段を上って、二階は広々としたレストランにすることができる。とりあえず、内部を《風魔法》と《水魔法》できれいに清掃する。

そのあと、二階に残っていた机や椅子、本棚などを一階に移動させ、壁や天井の傷んだ部分を魔法で修復していった。

さらに外の敷地をきれいに整地したあと、カバンに《収納》してあった余りの石材の板を取り出す。それを外の土と《合成》して火で焼き固め、新たな壁用のボードを作る。

そのボードで、建物内の一階の奥、トイレや裏口がある十坪ほどのスペースを囲んで仕切った。

ドアをつけ、入り口を作ったら、事務所の完成だ。

「よし、ここまでできれば、あとは細かい作業だけだ。ふう、流石に疲れた……」

ルートは背伸びをして、大きくため息を吐くと、輝く星に覆われた夜空を見上げる。

疲れてはいたが、それ以上に充実感がルートを満たしていた。

まだまだ、志半ばだが、ルートには確かな未来が見えていた。

母親のミーシャが、娼婦のマーベルが、ベーベが、ポーリーが……皆が明るい笑顔で、おそろいの制服を着て、お客の注文を聞き、品物を渡したり料理を運んだりして、この店で働いている姿が。

第二章　商会設立

ルートが工房を建てた翌日。

「こりゃあ、たまげたな……ルートの規格外には慣れたつもりだったが……」

新しい工房を初めて見にきたボーグ工房の三人、ボーグ、弟子のマリクとカミルは、呆気にとられて、広い敷地に建った堂々たるレンガ造りの建物を見上げていた。

「手前が木工の工房で、向こうの倉庫側が鍛冶の工房です。中はまだこれから作るんですが、広さ的にはどうでしょうか？」

ルートの問いにボーグは大きく頷いて、笑顔を見せた。

「ああ、十分すぎるだろう。これなら、職人が二十人どころか、三十人入っても余裕だぞ」

「いやあ、すごいね。それに地面のこれはなんだ？　土だよな」

カミルが興奮気味に尋ねる。

「ああ、はい。地面の土に粘土と水を混ぜて、表面から十センチほどの深さを《火魔法》で焼いて固めました。レンガほど硬くはないですが、これなら床が濡れてもぬかるみませんし、『魔導式蒸気自動馬車』の重みでもへこまないと思います」

「ほんと、よく気が回るよな。早くこの工房を使いたい。なんか腕がムズムズしてきたっ」

マリクも感心しきりだ。

「ああ、すぐにでも作業に取りかかりたい気分だ。ルート、早く中を作るぞ」

「あ、はい、お願いします」

やる気をみなぎらせた三人を伴って、ルートは建物の中に入っていく。

ボーグたちの要望を聞きながら、《土魔法》で炉や水桶、吊り下げ用の滑車などを作り終えたルートは、昼前にボーグたちと別れて、商業ギルドへ向かった。

ボーグたちはこのあと、街の工房から、道具類を運び込むらしい。

魔石や鉱石類は新しい職人が決まってから移動させるとのことだ。

ルートが商業ギルドへ向かったのは、その新しい職人たちを面接して選ぶためだった。

実は一か月前から、新しい工房で働いてくれる職人を募集していたのだ。

ボーグの知り合いを頼ったり、ギルマスのベンソンが肩入れしてくれたりしたこともあって、新しく開く工房で働きたいという希望者は、予想をはるかに上回る数に上っていた。

商業ギルドに着いてみると、午後からの面接にもかかわらず、すでにロビーにはたくさんの職人たちが集まり、ざわめいていた。

「あ、ルート君、ちょっと来てもらえる？」

受付のリディアが、ルートの姿を見つけて、小さな声で手招きする。

「こんにちは、リディアさん。すごく混んでますね」

「もう、他人事みたいに……皆面接を受けにきた職人たちよ」

「えっ、こんなに？　ざっと五十人はいますよ」

リディアはため息を吐いて、困ったように額を指で押さえた。

「そう、これからまだ増えるわよ。予定じゃ一人ずつの面接だったわよね？」

「は、はい、そのつもりでしたが……」

「無理ね。集団面接にするか、二日に分けるかしないと終わらないわ」

ルートもリディアの意見に頷いて、しばらく考え込んだ。

「分かりました。十人ずつの集団面接にします。部屋を用意してもらえますか？」

「了解よ。三階の広い会議室（かいぎしつ）に場所を変更するわ」

リディアはにっこり微笑んで頷くと、早速案内板の書き換えや、ロビーにいる面接希望者への説明に取りかかった。

ルートは三階に上がり、会議室に入る。その直後、若い女性職員が部屋に入ってきた。

「ブロワー様、初めまして。アリッサと申します。お手伝いをするように言われて参（まい）りました」

「ああ、そうですか、助かります。それじゃあ、メモをする用紙とペン、それから移動できる掲示板があったら、持ってきてもらえますか？」

「はい、承知しました」

職員の女性が出ていくと、ルートはカバンから自分で描いた『魔導式蒸気機関』の大きな色つきイラストを取り出した。そして、十人を一度に面接する方法を思案（しあん）し始めるのだった。

面接を受けにきた職人たちは、はるばる遠くの国から来た者や、近郊の村々から来た者など様々だった。ルートは、まず受付に頼んで、鍛冶と木工のグループに分け、それぞれのグループからランダムに十人選んで部屋に入れてもらうようにした。面接の冒頭では、これが全く新しい製品の製造と組み立てであり、今後、成功するか失敗するかの予測ができないことを告げた。そのうえで、労働時間、給料などの労働条件をひととおり説明した。この時点で、不満や不安がある者は帰るように促す。残った者たちには、イラストを見せながら次のような質問をして自由に議論させ、一人一人に意見を言わせるようにルートは司会進行に徹したのだった。

《鍛冶職人への質問》

一、『魔導式蒸気機関』が動く仕組みを理解できるか。

二、同じ規格の車輪や、その他の部品を正確に早く作るためにはどうすればいいか。
また、それに適した材質はなにか。

三、馬車の揺れを少なくするためのアイデアはあるか。

《木工職人への質問》
一、『魔導式蒸気機関』が動く仕組みを理解できるか。
二、動力が馬五頭分だとして、馬車の本体は何人乗りくらいが適当か。
三、馬車本体に適した材質と馬車の揺れを少なくするためのアイデア。

結果として、ルートのやり方は大成功だった。議論は大いに盛り上がり、白熱し、ルートも知らなかった知識やアイデアがどんどん出てきて、様子を見にきたギルドマスターのベンソンもドランも感心しきりだった。そして、ルートは悩んだ末、鍛冶職人十二人、木工職人十二人の計二十四人を採用することに決定した。彼らには、新しい工房の場所と工房長となるボーグの仕事場を書いた紙を渡しておいた。そして、正式な招集日を五日後とし、そのとき紙に名前を書いて持参するように言ったのだった。

◇◇◇

「これで、準備は整ったな」

面接を終えたルートは、ため息を吐きながら会議室を出る。すると、通路の先にベンソンが立って待っていた。

「あ、ベンソンさん。今日はわざわざありがとうございました。おかげ様でなんとか始動できそうです」

「うむ。しかし、見事な面接だったな。今後の参考にさせてもらおう。そうだ、商会の正式名称は決まったのか？　商品を売るには必要だぞ。決まったらリディアに言って、ギルドに正式登録してくれよ」

「なるほど……商会名か。うっかりしてました。なるべく早く決めて登録します」

ベンソンは小さく頷くと、執務室へ去っていった。

（よし、これであとはジークたちの報告とコルテスからの資源を待つだけだ）

まだ、実際の商品を売り出すのは先のことだが、次第に形になっていく自分の夢を思い、ルートは熱いものが込み上げてくるのを感じるのだった。

職人たちの面接をした二日後。

「おいおい、こりゃあなんの騒ぎだ？」

ポルージャに帰ってきたジークとリーナは、冒険者ギルドの前にできた長い行列に驚いた。

全員、重そうな袋を背負ったり、足下に置いたり、中には荷車にいくつも積んでいたりして、自分の順番を待っている。

ジークたちは正面から入るのを避けて、裏の出入り口へ向かった。そこにはギルドの職員が立っていて、通常クエストを受けにきた冒険者たちを確認しながら中に入れていた。

「ああ、すまないが、今日ここでルート・ブロワーと待ち合わせしてるんだ。中に入れてもらえるか？」

「ああ、パーティ『時の旅人』のお二人ですね。聞いております。どうぞ中へ」

「どうも。ところで、あの行列はなんなんだ？」

ジークが聞くと、ギルドの若い男性職員は肩をすくめて答えた。

「どうもこうも……あなたたちのリーダーが出したクエストのせいですよ」

「えっ？　ルートが？」

「買取所に行ってみてください。たぶん、ルートさんが一番焦っているはずですよ」

ジークとリーナはわけが分からないまま中に入り、ロビーを素通りして買取所へ下りていった。

するとそこではなにやら怒号が聞こえ、もめごとが起きている様子だった。

「おい、ふざけんじゃねえぞ、小僧……俺たちがどんだけきつい思いをして、こいつを運んできたと思ってるんだ。それを、買い取れないだと⁉　舐めてるのか？　こらっ！」

「いや、だから、ちゃんとした鉱石だったら買い取りますよ。でも、これはただの石ころです。それくらい、誰が見ても分かりますよね？」

買取所のカウンターで、金髪の目つきの悪い男が、後ろの二人の男と一緒に、ルートに絡んでいた。ルートはコルテスの冒険者ギルドに『毒沼のダンジョン』の鉱石採掘の依頼を出した。その買い取り場所をポルージャの冒険者ギルドにしており、さらに通常の依頼より買取価格を高めに設定したため、外まで鉱石を売る人々の行列ができていたというわけだ。

「えっ……レ、レイズ？」

階段の途中まで下りてきたリーナが、突然立ち止まってつぶやく。

ルートに悪態をついていた金髪の男は、なんと以前『黒龍のダンジョン』でリーナを置き去りにした『赤い月の誓い』のリーダーのレイズであり、隣に立っていたのはパーティメンバーのゴメスだった。もう一人の男は見覚えのない顔だ。

「なんだ、知り合いか？　リーナ」

「……前に私をダンジョンに置き去りにして、殺そうとしたやつ」

その言葉に、ジークはもちろん、階段で順番待ちをしていた冒険者たちも驚いて、ざわめき始める。

「あ、そういえば、王都でパーティメンバーを置き去りにしたやつらがいるって掲示板で見たぜ。確か指名手配されてるはずだよな」

騒ぎに気づいたレイズたちは、階段のほうを見上げた。そして、驚きに目を見開き、わなわなと震え始める。

「なんだ？　……っ！　お前……ま、まさか……」

レイズはそうつぶやき、青ざめた顔で舌打ちした。

「い、生きてやがったのか……ちっ、まずいな。おい引き上げるぞ」

男たちはそそくさとカウンターを離れ、階段を駆け上がろうとした。

「どけ、どけっ、クソったれどもが」

「おい、待ちな」

並んだ冒険者たちを押しのけて階段を上がっていく男たちの前に、ジークが立ち塞がる。

「なんだ、てめえは？　痛い目にあいたくなかったらどきやがれ！」

「お前らか？　俺の仲間をダンジョンに置き去りにして逃げたっていうクズ野郎どもは」

ジークは静かに、覇気を全身にまといながら尋ねる。その迫力に思わず後ずさりし、リーダーのレイズは、ジークとその横にいるリーナを交互に睨んで言った。

「はっ、なんの話だ？　知らねえな。言いがかりをつけんじゃねえよ」

「この期に及んで白を切るか……どうしようもないクズだな。なら、しょうがねえ。お前も冒険者の端くれなら、決闘で白黒つけようぜ。それが嫌なら、ここにいる冒険者たちを相手に無駄なあがきをしてみるか？」

ジークの言葉に、近くにいた冒険者たちが賛同の声を上げて階段を塞いだ。

レイズと二人の男たちは悔しげな表情を浮かべて、ジークたちを睨んでいたが、やがて不敵な笑みを浮かべながら言った。

「いいぜ、決闘を受けてやる。俺たちにケンカを売ったことを後悔させてやる」

「おし、決まりだな。俺たちは二人、そっちは三人でいいぜ。じゃあ、訓練場に行こうか。ということで、リーダー、ちょっくら行ってくる」

「ああ、分かった。ジーク、リーナ、無理はしないでね」

ルートは、ジークに親指を立ててそう言った。

「ライザ、正式な決闘だ。訓練場借りるぞ。それから、立ち会いを頼む」

ロビーに出たジークは、冒険者ギルドの受付をしているライザにそう言った。

「ええ、分かったわ」

ライザは騒ぎを聞きつけて、階段で一部始終を聞いていたのだ。すでに、ギルドマスターには他の職員に頼んで報告ずみだった。訓練場に入ったジークとリーナ、レイズたちは十メートルほどの距離を取って向かい合う。周囲には、立ち会いのライザの他、話を聞きつけた野次馬の冒険者たちがぞろぞろと集まってきている。

「では、決闘を始めます。お互い、武器も魔法も自由に使うということでいいですか？」

「ああ、いいぜ」

「ん」

「ふっ、いいだろう。おい、死にぞこない。今度こそ間違いなく、そこの恋人とともにあの世に送ってやるぜ」

「ライザ、今のを聞いたよな。あいつ馬鹿じゃねえか？　自分で白状しやがったぜ」

ジークの言葉にライザは無言で頷き、リーナは吐き捨てるようにこう言った。

「ん、昔から馬鹿……それに、ジークは恋人じゃない。今日、死ぬのはお前のほう」

「ほざきやがれ。唯一の生き証人のお前を消せば、証拠はなくなる。ふふふ……さっきは少し焦ったが、むしろこれは絶好の機会というわけだ」

レイズはそう言うと剣を引き抜いた。ゴメスがレイズの前に出て大盾を構え、もう一人の男は、後衛の位置で杖を突き出す。

「《ファイヤービュレット！》」

後衛の男が放ったのは火の魔法で、いくつもの火の玉が弾丸のように襲ってくる。

ジークが盾を構え、リーナを守りながらその攻撃を受ける。

ジークたちの周囲で土埃が巻き上がり、熱気に包まれ、二人の姿が見えなくなった。

「とどめだぁっ！」

レイズが《加速》のスキルを使って、まだ土埃で見えない二人に突っ込んでいく。

彼らはこの先手攻撃で、これまで様々な敵を倒してきた。後衛の男が魔法を撃ち込んで、相手がひるんだ隙に、レイズが距離を詰めて瞬速の剣技で斬りつけるのである。確かに合理的でオーソドックスな戦法と言えるだろう。

「な、なにっ⁉　ぐわあああぁっ……」

勝負がついたと確信するレイズの背後で、仲間の男が断末魔の叫び声を上げた。それを聞いて、レイズもゴメスも驚いて固まる。なにが起きたのか、全く理解できない。

二人が振り返ると、そこには血に染まった二本のダガーを持って、立っているリーナがいた。後衛の男は首をすっぱり斬られて血を流しながら倒れている。

「お、おい、今の見えたか？」

「いや、全く見えなかった」

野次馬の冒険者たちが、ざわざわと騒ぎ出す。

「なにをしやがった……ま、まさか、《転移魔法》か？」

「ん、違う。今、見せてやる」

リーナはそう言うと、次の瞬間、五メートルほど離れたゴメスの前に移動していた。

「ひゅ？　……？」

ゴメスはなにか言おうとして、空気が漏れるような音を喉から出し、不思議そうに自分の首に手を当てる。その刹那、指の間から血が噴水のように噴き出す。ゴメスは、そのまま地面に倒れていった。

レイズは背筋にぞっと寒気を感じて、剣を構え直す。

「あはは……どうだ、俺の仲間は強ぇだろう？　命乞いでもするか？」

レイズは青ざめた顔で、怒りながらジークとリーナを睨んでいたが、やがて剣を手放して地面にひざまずいた。

「分かった、俺の負けだ。装備と金は全部置いていく。それで許してくれ」

「だめ。あんたは生きていると、人を不幸にする。ここで、殺す」

「お、おい、ちょっと待て、おい、ギルドのあんた、俺は負けを認めたんだ、これで決闘は終わりのはずだ。そうだろう？」

レイズに問われたライザは、困ったような表情をする。確かに、ギルドの規定では、一方が負けを認めればその時点で決闘は終了となる。無駄な殺戮を止めるためだ。

「え、ええっと、それは……」

「いや、構わん、続けていいぞ」

ライザの背後から声が聞こえ、一人の男が現れた。

明るい茶色の長髪をオールバックにして後ろで束ね、胸元が開いた白いシャツに髪の色と同じ茶色のスーツをラフに着こなしている。二メートル近い身長で、鍛えられた筋肉質の体。額から左の頬にかけて一筋の深い傷痕が残っている。

その見た目は、彼がいかに過酷な冒険者人生を歩んできたかを示していた。

突如現れた男が発する威圧感に、周囲の冒険者たちは息を呑んで静まり返った。

「ギルマス……どうしてここへ？」

ライザの問いに、男は手に持った書類を見せながら答えた。

「ああ、君からの報告を聞いて、他のギルドからの情報を集めてたんだ」

ポルージャの冒険者ギルドのギルドマスター、キース・ランベルはそう言うと、レイズに視線を向けて続けた。

「レイズ・バッド。お前にはパーティメンバーへの殺人未遂に加え、捕えようとした衛兵二人、冒険者三人の殺害容疑もかかっている。このまま警備隊に引き渡せば、死罪は免れない。逃げる可能性を考えれば、ここで死んだほうが世の中のためだ。よくまあ、こんなところにのこのこ現れたものだな？　大勢の中に紛れ込めば、バレないとでも思ったか？」

「くっ……クソ！　お前さえいなければ、バレずにすんだんだ……リーナ、この疫病神が……なにもかも、お前のせいなんだよおおおぉっ！　クソッタレがあああぁっ！」

やけくそになったレイズは、剣を拾い上げると、《加速》して一気にリーナに襲いかかった。

リーナは冷静な表情でじっと立っている。レイズの剣が瞬速の速さで迫ってくると、それを見切ってすっとしゃがみ込み、簡単に躱した。

「えっ？　……っ！」

体がすれ違う瞬間、リーナは最小限の動きでダガーを振り抜き、前に跳躍する。

レイズが踏みとどまって振り返ると、彼の首から大量の血が噴き出した。訓練場は三人の男たちの血で、真っ赤に染まっている。見物していた誰もが、その血の海の中に平然と立っている、美しい銀髪の少女に、ぞっと寒気を覚え、声を失った。

「いやあ、俺は必要なかったなぁ、あはは……」

静寂を破るように、能天気な笑い声を上げながらジークがリーナに近づく。

「ん、そんなことない。ジークが最初の攻撃魔法を防いでくれたおかげ」

「そうか？　なら、よかった。お礼にハグしてくれてもいいんだぜ？」

「馬鹿、すぐ調子に乗る」

二人がいつもの様子で話しながら訓練場の外へ出ると、ギルドマスターのキースが待ち構えていたように声をかけてきた。

「いやあ、見事な腕だ、『時の旅人』の諸君。君たちのことはかねがね話には聞いていたが、会うのは初めてだな。ここのギルマスをやっているキース・ランベルだ」

「ああ、俺はジーク、こっちはリーナだ。訓練場を汚しちまって悪かった」

「いや、構わんさ。あとの始末はこっちでやるよ。あいつらには懸賞金もかかっていたから、ライザから受け取っておいてくれ」

「おお、そいつは儲けたな。リーナの仇も取れたし、今夜は宴会でもするか」

「ルートの手伝いをしないと」

「ああ、そうだったな。じゃあ、俺たちはもう行くぜ」

「ああ、これからもよろしく頼む。あっと、それから、時間があるときでいいから、近いうちに俺の部屋に全員で来てくれ。頼みたいことがあるんだ」

キースの言葉に、ジークとリーナは顔を見合わせて首をひねる。

「分かった、リーダーに言っておくよ」

キースはにこやかな笑みを浮かべながら、手を上げて去っていった。

ジークとリーナは買取所で手伝いをしながら、決闘の顛末をルートに話して聞かせた。

「そうか……リーナ。これで安心してガルニアに行けるね」

ルートは話を聞いたあと、浮かない顔のリーナに言った。

「ん……」

ルートはなんとなくリーナの複雑な思いが分かるような気がした。

レイズは自分を殺そうとした憎いやつだが、こんなにもあっさりと、しかも二人の男を巻き添えにして、命を奪ってしまったのだ。人としてやってはいけないことをやってしまったという思いと、安心感とがごちゃ混ぜになった状態ではなかろうか。

「リーナ、これだけは言える。君がやったことは間違ったことじゃないよ。誰かがやらなければいけないことだった。神様はその役目に君を選んだんだよ。辛いことだけど、君なら耐えてくれると神様が見込んだんじゃないかな。僕はそう思う」

ルートの言葉に、じっと見つめるリーナの菫色(すみれいろ)の大きな目から、涙がポロリとこぼれ落ちた。

「ん……」

(私は簡単に人を殺して平気な、そんな女じゃない。でも、ルートがそれを分かってくれているのなら、前を向ける。どんなことにも耐えられる)

リーナは口には出さず、心の中でそう思うのだった。

「まあまあ、嫌(いや)なことはさっさと忘れるに限るぜ。なにしろ、これから俺たちはルート様のでっけえ夢に付き合わされるんだ。忙(いそが)しくて悩んでる暇(ひま)なんてないぜ」

「付き合わされるって……嫌なら他の人に代わってもらってもいいんだよ。ジーク。」

「おっと、そいつは勘弁(かんべん)してくれ。目の前に金貨の山があるんだ、こいつを逃すわけにはいかねぇよ」

冒険者から受け取った鉱石の袋を持ち上げながら、ジークがにやりと笑った。

その夜、三人はささやかな祝宴(しゅくえん)を開いた。蒸留酒(じょうりゅうしゅ)の入ったコップを手に、ジークが赤い顔で陽(よう)

気に歌っている。小さなテーブルの上には、ジークが市場で適当に買ってきたソーセージやチーズ、肉串、ドライフルーツ、そして酒瓶などが所狭しと並んでいた。

ルートは、リムやラム、シルフィーにも分けてやりながら、ソーセージにかぶりつく。

「リーナ、食べよう。せっかくジークがおごってくれたんだ」

「ん……ジークにしては気が利く」

リーナもようやく気持ちが吹っ切れたのか、肉串にかぶりついた。

「おごりなんて誰が言った⁉　あとで代金はちゃんと徴収するからな」

ルートの家の狭い部屋の中にいつもの笑い声が戻ってきた。

「ねえ、二人の意見を聞きたいんだけど……今度立ち上げる商会の名前、なにがいい？」

「名前かあ……もう、簡単にルート商会でいいんじゃねえか？」

「ん、それがいい。ブロワー商会でもいい」

ルートが二人に尋ねると、適当な答えが返ってくる。

「いやいや、自分の名前はつけたくないよ。ジーク商会とかリーナ商会とか、嫌だろう？」

「そうか？　別に構わないけどな」

「リーナ商会は嫌だ……じゃあ、三人に共通のものを考えようよ」

「共通かぁ……『時の旅人』はパーティ名だしな。う～ん、旅人、トラベラー……時、タイム……

複数だと『タイムズ』か……」

ルートがひらめいて顔を上げると、ジークがにやりと笑い、リーナも親指を立てて頷いた。

「それでいいぜ」

「ん、意味は知らないけど、響きがかっこいい」

「うん、じゃあ、『タイムズ』にしよう。タイムって、ある国の言葉で『時間』という意味なんだ。三人だから複数形で『タイムズ』。新しい商会の名前は『タイムズ商会』に決定！」

三人はパチパチパチと手を叩く。

「じゃあ、俺たちの幸せな未来と輝く金貨のために乾杯だ」

ジークがそう言うと、三人は酒と紅茶の入ったカップをぶつけ合って「乾杯！」と叫んだ。

◇　◇　◇

翌日、商会の名前が決まったこともあり、ルートは本格的に商会設立の手続きをすることにした。

朝早くから、ジークとリーナとともに、ポルージャの商業ギルドに赴き、受付のリディアに商会を正式に設立したい旨を伝える。

「とうとう、商会を設立するんですね！　名前はどうしましょう？」

「名前はもう決めているんです。僕たちは『タイムズ商会』を設立します！」

『タイムズ商会』……素敵な名前ですね！　それでは、こちらの書類に商会名とサインをお願いします。大変なこともあるかと思いますが、これからこのポルージャの街で頑張ってくださいね」

リディアからの激励を受け、ルートたちは商業ギルドをあとにした。

次に冒険者ギルドに行き、商会を設立した旨を伝え、工房に向かう。

工房では、ボーグやマリク、カミルとともに、先日新しく雇った職人たちが、『魔導式蒸気自動馬車』を大量生産するためにはどうしたらよいか試行錯誤しているところだった。

「皆さん、お疲れ様。大切な話があるから、ちょっとこっちに集まってきてくれませんか」

ルートが声をかけると、作業の手を止め、職人たちが集まってくる。

「実は、ついにさっき商会設立の手続きを商業ギルドで行ってきました。僕たちの商会は、『タイムズ商会』。そして、この工房は『タイムズ商会』の記念すべき一つ目の工房です」

ボーグ以下、職人たちが「うおおっ」という歓声を上げる。

「これから、僕たちが送り出す様々な商品は、この国を、社会を、世界を変えることになる。この工房から世界が変わっていくんです」

「おお……なんかそれってすごいな」

「俺たちはどこまでも、ついていくぜ！」

ルートの言葉に、職人たちがざわめきだす。

「ルート。わしの工房で見習いを始めたときはまだ頼りなかったのに、こんなに立派になっちまって……とはいえ、まだ一歩を踏み出したにすぎねぇ。ルートの夢が叶うまで、鍛冶師のプライドを持って、精一杯やらせてもらうよ」

涙ながらにそう言うボーグを見て、母親たち娼婦や奴隷を解放するという夢に、また一歩近づいたことをルートは実感し、感慨深い気持ちになるのだった。そして、最後にルートたちはスラム街の家に帰った。ミーシャに商会を設立したことを話すためである。

「母さん、ちょっといいかな。話したいことがあるんだ」

「改まってどうしたの？　なにか悪いことでもあった？」

心配そうな顔をしてミーシャがルートに問いかける。

「ううん、違うよ。実は、商会を設立したんだ。名前は『タイムズ商会』。学校に行くのをやめたり、母さんにはたくさん心配かけちゃったけれど、少しずつ、このスラム街で暮らす人たちを助けられるように、前に進んでるよ。これからもっと頑張って、きっと夢を叶えるよ」

「ん。私も頑張る」

リーナが拳を胸の前で握りしめながら、ルートに続く。

「ミーシャさん。やっぱりルートはすげぇやつだよ。やっとここまで来たんだ。これからも安心して見守っててくれ」

最後にジークがルートとリーナの肩に手を置いて、優しい口調でミーシャにそう言った。

「ルート。あなたが学校に行かないで私たちを助けるって言い出したときは、そんな無謀なことのために、自分の人生を捨ててほしくないと思ったの。でも、こうして自分の言ったことを一つ一つ叶えていってる。本当にすごいわ。なんだか胸がいっぱいで……」

ミーシャは言葉に詰まり、泣き出してしまった。それを見てルートも涙ぐむ。

ジークはミーシャの背中をさすり、リーナもその様子を見てそっと目元の涙を拭う。

まだ、夢に向かって歩き出したばかりだが、こうして商会を設立するという、ルートの一つ目の目標がついに叶ったのだった

第三章　世界初のゴム、誕生

商会を正式に設立したことと、『ゴムの木』が見つかったことは、ルートのやる気をさらに増大させた。ゴム製品がこの世界に画期的な変化をもたらすことは容易に想像できる。

なにも『魔導式蒸気自動馬車』のタイヤに限った話ではない。靴底、ゴム手袋、接着剤、色々

な生活用具に応用できるのだ。

　五月の末のある日、ルートは早速ジークとリーナを伴ってリンドバルの街へ出かけていった。久しぶりの三人での旅だ。

「『魔導式蒸気自動馬車』ができたら、リンドバルまで何日で行けるんだ?」

「ええっと、約四百キロだから、まあ一日ってところかな」

「おお、やっぱり早いな。馬車で行く半分の時間か」

「うん。しかも、これから行くリンドバルのゴムでタイヤ……車輪を作れば、馬車の揺れも半分以下になる」

「わあ、夢みたいだね」

　三人はそれぞれに『魔導式蒸気自動馬車』とそれに乗った自分の姿を想像して、顔が緩むのだった。

　途中、コルテスの街に立ち寄り、冒険者ギルドのギルドマスター、ゲインズに鉱石が順調に手に入ってきていることを報告した。

「そうか、こっちも鉱石採取の依頼のおかげで、『毒沼のダンジョン』に挑戦する冒険者が一気に増えて、宝石やアイテムをたくさん買い取らせてもらっている。去年までと比べ物にならない収益だ。感謝しているよ」

「それはよかったです。鉱石採取の依頼は今後も常設でお願いします」

「ああ、分かった。収益金はいつもどおり口座に振り込んでおくぞ」

ゲインズと握手をして別れたあと、三人は『毒沼のダンジョン』へ向かった。

ダンジョンに向かう道は整備され、入り口には立派な鉄の門と守衛所が設置されていた。多くのパーティが行き交い、入り口には長い列ができている。

三人もその列に並んで、しばらく順番が来るのを待った。

ルートは以前『毒沼のダンジョン』を訪れたとき、ダンジョンのコアである魔石を《テイム》し、ダンジョンマスターとなった。だが、そのことは隠しているので、一般のパーティとして入ることにした。

ガーディアンのクラウスはルートの指示をちゃんと守って、十階層までは、一本道で弱い魔物しか出ないようにダンジョンを作っているようだった。

十階層は、今や鉱山のような状態で、いくつもの坑道が掘られ、たくさんの冒険者たちが様々な鉱石や宝石を採掘していた。

驚いたことに、十階層の突き当たりには下へ向かう階段ができており、冒険者の話では、あと何階層かダンジョンが下に続いているという。

しかし、十一階層からは複雑な迷路や罠が作られており、現れる魔物も強力で、いまだに攻略したパーティはないらしい。

「進化のスピード早すぎじゃねえか？」

ジークの問いに、ルートも困惑顔で頷いた。

「そうだね……僕がダンジョンマスターになったときの説明だと、二十階層になるまで一〇〇年近くかかるってことだったけど、どういうことかな？」

「ん、聞いてみるしかない」

リーナの言葉に二人も頷いて、十一階層から下へ行ってみることにした。

三人は十一階層に入り、シャドーウルフやダークオーク、ダークオーガなど、闇属性の強力な魔物を倒しながら進んでいく。

「いやあ、こいつは結構きついな。ルートが《光魔法》を使えるからなんとか倒せているが、確かに普通のパーティにはお手上げだろう」

三人はダークオーガを三体倒したあと、小さな部屋で休んでいた。

「ん、確かに。《光魔法》がないと無理」

「そうだね。十階層までは前に僕が言ったとおり、冒険者が楽しめるダンジョンにしているみたいだけど……クラウスのやつ、なにか下に行かせたくない理由でもあるのかな」

ルートの言葉に、ジークとリーナが考え込んだ。

そのときのことだった。

「っ！　ルート、なにかくる！　強い魔力」

リーナの緊張した声に、ルートとジークも身構える。

そこに現れたのは、全身紫色の光に包まれ、アラビアの踊り子風の衣装をまとった、褐色の肌で、黒髪を肩の上で切り揃えた美少女だった。

少女は三人の前で、丁寧に頭を下げて、片膝をつく。

「初めまして、マスター様。お待ちしておりました。お会いできて光栄です」

「ええっ？　マ、マスター様……って、もしかして、僕のこと？」

「はい、マスター様は他におられません」

「……ということは、君は……」

「申し遅れました。私は、このダンジョンのコアの分体です」

ルートたちは驚き顔を見合わせ、ぱくぱくと口を動かした。

「ぶ、分体って？　生まれるの、早すぎないか？」

ルートは驚きのあまり、つい叫んでしまう。

「はい、それにつきましては、少々説明させていただく必要がございます。これから、私とともに二十階層へおいでいただけないでしょうか？」

「二十階層⁉　一〇〇年かかるんじゃなかったのか……でも、まぁ……分かった、行こう」

「ありがとうございます。では、どうぞこちらへ」

少女はそう言うと、右手を地面に向かって伸ばした。

すると、地面が光を放ち始め、黒い魔法陣が浮かび上がる。

「こちらの転移魔法陣で二十階層へ転移いたします。陣の上にお乗りください」

三人はもういちいち驚くのはやめて、現実を受け入れることにした。一緒に魔法陣の上に乗ると、いきなり空間がゆがむ。その直後、ふっと意識が一瞬途切れた。

「おお、我がマスター、お久しぶりでございます」

気づいたとき、三人は青く美しい材質で作られた大きな礼拝堂のような部屋に立っていた。

正面には紫の光を放っている大きな魔石を飾った祭壇があり、その前には、まがまがしい姿の巨大な魔物がひざまずいて、三人を出迎えていた。

「クラウス……なんか、前より大きくなってないか？」

「流石はマスター、お気づきになられましたか。わははは……そうなのです。このクラウス、ダンジョンに流れ込む魔素の量が多すぎて、自分の体に溜め込んでいるうちに、限界を超えてさらに進化してしまいました、わははは……」

「し、進化……」

クラウスの言葉に、ルートはたじろいだ。

「マスター様。実はマスター様が召喚したこのガーディアン、クラウスは、この世界の魔王クラスの魔物なのです。そのため、クラウスが作るこのダンジョンは、マスター様の予想をはるかに超える速さで進化しています。私が生まれたのも、ダンジョンが進化した結果です」

分体の少女の説明に、三人は言葉を失い、何度も唾を呑み込んだ。

(魔王って……もしかして召喚してはいけないものを呼び出してしまったのか？　いったいどうしたらいいんだ？)

ルートは混乱する頭をなんとか整理しながら、考えるのだった。

「十一階層からやたら強い魔物がでてきたけど、あれはクラウスの考え？」

「はい、マスター。ダンジョン・コアを守るため、簡単に突破されないようにと思ってそうしております」

クラウスが答える。なるほど、とルートは頷いて、コアの分体に視線を向けた。

「ちょっと心配になるくらいの速さでダンジョンが成長しているんだけど、このままだとなにか不都合なことが起こったりする？」

分体の少女は少し考えてから答えた。

「はい、まだ先の話ですが、心配なことがあります。先ほどクラウスが申したように、このダンジョンは、魔素の流れが集まる場所に位置しております。クラウスの魔素の処理能力は限界に達しておりますので、このまま放っておくと、魔物が大量に発生し、スタンピードを起こす恐れがあります」

「なるほど……つまり、膨大な魔素をどうにかしないといけないわけか。う〜ん、ちょっと考えるから待っててね」

ルートはその場に座り込んで、考え始めた。

ジークとリーナはその間、その巨大な部屋を見て回る。

やがて、ルートは腰の革袋から金貨を一枚取り出して、コアの分体に尋ねた。

「ああ、ええっと、君……」

「マスター様、よろしければ私にも名前をいただけませんか？」

「ああ、そうだね」

ルートは少女の姿から、すぐにある名前が思い浮かんだ。

「ジャスミンというのはどうだい？」

「ジャスミン……はい、とても素敵な名前です。ありがとうございます」

「気に入ってくれてよかった。それでね、ジャスミン。この金貨だけど、同じものを作れるかい？」

「見せていただいてよろしいですか？」

ジャスミンは金貨を受け取ると、じっと見つめた。

やがて、顔を上げ、横で控えているクラウスに向かって言う。

「クラウス、これはこのダンジョン内にも豊富に存在している金属です。あなたなら、魔力で集めて同じものが作れるでしょう」

クラウスはジャスミンから金貨を受け取ると、すぐに頷いた。

「はい、金属を集めるのに少々時間がかかりますが、この大きさなら一日二枚は作れます」

「一日一枚でいいよ。それと、魔物を倒したときに出るアイテムはどうやって作っているんだい？」

「はい、冒険者が持っている剣や盾、防具などを見よう見まねで作って、魔物に《付与魔法》で身につけさせています」

「それと、宝箱は作れるのかい？」

「はい、三種類作っております」

「そうか、じゃあ、もう少し中身の種類を増やそうか」

ルートはそう言うと、ジークとリーナを呼んで、二人の武器と革袋からポーションを三種類、宝石をいくつか取り出して床に並べた。

「ジャスミンもこのうちいくつかは作れる？」

「はい、木製のものとポーションは作ることができます。ダンジョンの上の森から素材が採れます」

「じゃあ、二人でこれを分担して作り、魔物に付与してくれない？　まあ、あまりたくさん作る必要はないかな。余分な魔素が消費できればいいからね」

「なるほど、アイテムを作らせることで魔素を消費するわけだな？」

　ジークが感心したように言う。

「うん。ついでにこんなものも置いておくよ」

　ルートはそう言うと、ダークオークの体から取り出した魔石を手に取って、目を瞑り、手をかざした。淡い緑色の光が魔石を包み、しばらくして消える。

「はい、これ。魔素が一番濃いところに置いておくといいよ」

　クラウスは怪訝な顔でそれを受け取ると、じっと見つめた。

「っ！　こ、これは……なんと複雑な術式。空間が《統合》されているようですが？」

「うん。魔素が流れ込む術式を描いて、一〇〇メートル×一〇〇メートル×一〇〇メートルの空間を魔石の中に《統合》した。それと、少しずつ魔素を結晶化するようにしておいたから、魔素を減らすのに少しは役に立つだろう」

　クラウスは目を見開いてルートを見つめていたが、いきなり両手をついて頭を下げた。

「流石は我がマスター。恐れ入りました」

「あはは……大げさだよ。じゃあ、あとのことはよろしく頼むよ、二人とも」

「ははっ、仰せのままに」

「はい、お任せください」

ルートたちは、ジャスミンとクラウスにしばしの別れを告げ、ダンジョンの入り口へ向かった。

『毒沼のダンジョン』はこれからも異常なスピードで進化していくだろう。しかし、あの二人が管理してくれれば、上手くいくはずだ、とルートは安堵の笑みを浮かべるのだった。

◇　◇　◇

コルテスの街をあとにしたルートたちは、翌日の昼前にリンドバルの街に着いた。

ジークが馬車を預けてくるついでに、宿も取ってくると言うので、ルートとリーナは先にポチョル商会へ向かった。

「これはこれは、よくおいでくださいました」

禿げた額に汗を浮かべた会長のポチョルが、手を揉みながら、にこやかに二人を出迎える。

「初めまして、『タイムズ商会』の会長、ブロワーと言います。このたびは契約に応じていただき、ありがとうございました」

「いやいや、こちらこそ、素晴らしい儲け話をいただき、感謝しておりますよ……いやあ、それにしてもお若いですな、驚きました」

「あはは……見た目どおりの子供ですが、契約はちゃんと履行しますのでご心配なく。早速ですが、ゴム、いや、『ボコダの木』を見にいきたいのですが」

「はいはい、分かりました。ロイドに案内させますので、少々お待ちを」

ロイドは貯木場で働いていると言うので、ルートたちは外で待つことにする。

「おう、待たせたな、ロイドだ」

三分ほど待っていると、たくましい体つきの男が汗を拭きながらやってきた。

「『ボコダの木』を見にきました。案内してもらえますか？」

「ああ、『ボコダの木』を高い金で買い取ってくれたのは、お前さんか？　あんな木をなにに使うんだ？」

「ええ、まあ、説明すると難しいのですが、木の樹液からある製品を作るんです」

「樹液……あの白い、ねばねばしたやつだよな。ふーん、まあいい、ついてきな」

ルートたちはロイドのあとについて、森の入り口へ歩いていった。

そこから、遠くに見えるアントネシア山脈のふもとまで、森は果てしなく続いているという。

森の中は、ポルージャの街の近くにあるものとはかなり様子が違っていた。ルートは前世にいた頃、こんな森をテレビで見た記憶がある。

(うん、ジャングルだな。でも、草はそんなに多くないし、木と木の間もよく間伐されていて、歩きやすい)

「ほら、あのあたりが『ボコダの木』の群生地だ」

十分ほど歩いたところで、ロイドが前方を指さした。

(おお、ゴムだ。まさしく『ゴムの木』だよ！　やったね)

ルートは万歳と叫びたい気持ちを抑えて、木に駆け寄る。

「うん、間違いない。ロイドさん、これが求めていた木です」

「そうかい、そいつはよかった。で、こいつをどうするんだ？」

「これから僕がやりますので、見ていてください。それを人夫の人たちにもやってもらいたいんです」

ルートはそう言うと、ここに来る途中の馬車の中で作った道具をバッグから取り出した。バケツが一個と鉤爪のように先が曲がったナイフだ。

ルートは幹の太さが直径三十センチほどの木に近づくと、まず腰の高さくらいのところで、細いロープを使ってバケツを木にくくりつけた。

次に、バケツから五十センチほど上のところに、ナイフの先端を打ち込み、樹皮を斜め下にスーッと傷つけていく。そして、傷の最後のところからバケツに向かって下に切れ込みを入れ、地面に落ちていた葉を小さく切って三角に折り、切れ込みに差し込んだ。

「ほら、見てください。こうすると樹液が流れ落ちてバケツに溜まっていくでしょう？」

「ほう、なるほどな。こうやって樹液を溜めるんだな？」

「そうです。出なくなったら、このすぐ下を同じように削り取っていきます。大事なことは、絶対幹を傷つけないことです。樹皮だけを削り取ってください」

「うむ、分かった。これをどれくらい集めればいいんだ？」

「そうですね。僕たちはしばらくこの街に滞在します。諸々については、また商会に戻ってポチョルさんと話し合って決めたいと思います」

そう言ってルートたちは、ポチョルの商会に戻っていった。

◇◇◇

「ポチョルさん、『ボコダの木』はやはり、僕が探していた木でした」

「おお、それはよかった。それで、お金になりそうですかな？」

「はい、売れるように頑張ります。そこで、お願いがあります。さっきロイドさんに樹液の採り方を教えてきたのですが、できるだけたくさんの人夫さんに、同じようにして樹液を集めてもらいたいのです。樹液がたくさん採れることが分かったら、先日お渡しした契約書のとおりの値段で、木を買い取ります」

ポチョルは儲け話に目を輝かせて、にんまり微笑む。

「分かりました。手が空いている者を総動員してやらせましょう。しかし、仮にバケツ二〇〇杯集まったとして、どうやってポルージャに運ぶのですか？　馬車一台では無理でしょう？　馬車を何台か雇われるのですかな？」

「ああ、それなら心配ご無用です。これを使います」

ルートはそう言うと、バッグの中から薄い鉄板でできた直径二十五センチほどの円筒形の容器を取り出した。

「これには内部に魔法がかけられていて、バケツ一万杯分入れても大丈夫になっています。ひと月に一度、引き取りに伺いますので、これに入れておいてください」

ポチョルは驚いて目を見開いたが、ルートは気にせず容器を手渡した。

「この容器は絶対に盗まれないように、あなたが管理してください。ちなみに、バケツ何杯分入っているかは、この側面の目盛りで分かるようになっています。ご心配だったら、そちらでもちゃんと何杯入れたか記録を取っておいてください」

ポチョルは、ただただ頷くしかなかった。

ちょうど話が終わって、建物の外へ出たところで、ジークがやってくる。

「遅くなってすまん。宿がなかなか空いてなくてな。街外れまで行ってやっと一軒見つかった。『雨宿り亭』という名の宿だ」

「うん、僕たちもちょうど話が終わったところだよ。じゃあ、ポチョルさん、僕たちは『雨宿り亭』に二日ほど滞在します。今後ともよろしくお願いします」

「あ、はい、こちらこそ、よろしくお願いします」

ポチョルはまだ夢を見ている気分だったが、鉄の容器をしっかりと胸に抱えたまま、頭を下げるのだった。

翌日、ルートたちは『雨宿り亭』でのんびりと遅めの朝食を食べていた。
この小さな宿は、マーサという老婆が、孫と雇い人の少女の三人で経営している。料理をマーサが作り、二十代前半の孫が会計と力仕事を、雇い人の少女が接客と掃除洗濯を担当して細々とやっている。

「すいやせん、こちらに『タイムズ商会』の皆さんがお泊りだと聞いて来たんですが」

突然、入り口のドアが開いて、作業着を着た男が入ってきた。

「おう、俺たちが『タイムズ商会』だ。どんな用事だい？」

ジークが男に向かって問いかける。

「へい、これをロイドさんに届けろと言われやして……」

男はそう言うと、外に置いていたバケツを持ち上げて見せた。

（おお、やったぁ、ゴムだ）

ルートは心の中で叫びながら、椅子から立って男のもとに駆け寄った。

「はい、確かに受け取りました。どうもありがとうございます。これはここまで運んでくれた手間賃です」

「こいつは、どうも。へへ……じゃあ、あっしはこれで」

男は小銀貨一枚をポケットに入れて、にこにこ顔で去っていった。

「よし、早速実験してみよう。部屋の中は臭いがこもるかもしれないから、外へ行こう」

ルートはそう言うと部屋からバッグを取ってきて、ジークとリーナと一緒に外に出る。宿を出ると、街の北門が目と鼻の先にあった。ほとんど通る人もいない門には、衛兵の男があくびをしながら暇そうに立っている。門の外に出ると、細い街道がうねうねと続いている。

三人はしばらく歩いたあと、街道から外れた森へ向かった。

「このあたりでいいだろう。さあて、楽しみだなあ」

「ほんと、こういうときのお前って、楽しそうだよなあ」

「あはは……うん、わくわくしてるよ」

ルートは《ウインドカッター》であたりの草を薙ぎ払い、《土魔法》で地面を平らにならす。

それから地面に座り、バッグの中から、このときのために用意しておいた、土製のバットとボウル二個、金属の棒、粉末状の硫黄、同じく粉末状の木炭、小型魔石コンロなどを取り出した。

(さて、ここからは未知の領域だぞ。前世でもタイヤ用のゴムの作り方なんて調べたことなかったからな。《解析》の説明だけが頼りだ)

ルートはバケツに入っている白い樹液を《解析》してみた。

《『ボコダの木』の樹液》
※水溶液に高分子有機化合物ポリイソプレンが混入した状態。精製、凝固させることで、弾性が高い物質『天然ゴム』が得られる。
※弾力や摩耗度を変化させるのに一番簡単な方法は、硫黄、炭素、亜鉛を適量加えることである。

（硫黄と木炭は用意したけど、分量とか方法が書いてないからな。当てずっぽうでやってみるしかないか）

ルートは、バケツを傾けて土製のボウルに樹液を入れた。それを魔石コンロに置いてゆっくり温めながら、硫黄と木炭の粉を少しずつ加えていく。

ジークとリーナもそばに座って、興味深げにルートの作業を見守っていた。

「ん？……なんか独特な臭いがしてきたな」

「ん、臭い……私、ちょっとあっちに行ってくる」

リーナは獣人なので、特に臭覚が発達しているのだろう。たまらず鼻を押さえながら、森の奥へ走っていった。

「ああ、あいつ一人じゃ心配だから、俺も行ってくるわ」

ジークもこの臭いには我慢できなかったようで、リーナを追いかけて走っていった。

残されたルートは、黙々と集中してかき混ぜ、観察しながら粉末を入れ続ける。

「うわっ、しまった。焦げてる」

コンロの熱が強すぎたのか、ゴムが焼ける独特の刺激臭とともに、煙が立ち上り始めた。これは失敗である。

ルートは、一つため息を吐いてから、ボウルの中身を土に埋め、もう一つのボウルに樹液を注ぎ、改めて調合を始める。

《合成》のスキルを使えば、たぶん、早く確実にゴムが作れるのだが、今後他の人間に作ってもらわねばならないので、正確な分量や方法をレシピ化する必要があったのだ。

ルートとゴムの格闘は、それから三時間近く続いた。

「おっ……これ、できたんじゃないか？」

昼食を食べるのも忘れて熱中していたルートは、そう言ってボウルの中身をバットに移す。ドロドロした黒い粘液がバットに溜まっていく。

臭いを避けて、離れたところで兎や鹿を狩って解体をしていた二人も、その声に近づいてきた。

「こいつがゴムってやつか？」

「うわぁ、真っ黒でドロドロしてる」

「今から冷気を吹きかけて冷ますよ」

ルートが両手をかざして、優しく撫でるように、《風魔法》と《水魔法》で生み出した冷気を吹きつけていく。

ルートは微かに震える手で、黒く固まった物体をバットから取り出す。黒い物体は、弾力を持ち、硬く、ナイフでも容易に切れなかった。

「うん……できたよ。ついに、タイヤゴムができた……」

ルートは感極まって、黒いタイヤゴムのシートをそっと抱きしめ、目を瞑った。

「なんか、すごいのができたってのは分かるが……これで、『魔導式蒸気自動馬車』ができるんだな？」

「うん。まだ、馬車を止めるためのブレーキと方向を変えるためのハンドルっていう部品を作らないといけないけど、ここまできたら、そう難しいところは残っていない。二人のおかげだよ。ありがとう」

「いやいや、俺たちは材料を見つけただけで、感謝されるほどのことはしてねえよ」

「ん、全部ルートが頑張った」

「いや、二人がいなかったら、途中で諦めていたかもしれない。とても感謝しているんだ」

二人にそう言いながら、ルートの頭の中には、前世で習ったイギリスの産業革命のことが思い浮かんでいた。

ワットが新型の蒸気機関を発明して以後、世界の産業は大きく発展し、人間の生活は向上したものの、大きな問題も生まれた。資本階級と労働階級の貧富の差の拡大と植民地主義。そして、最終的には戦争という、あってはならない悲劇につながっていったのだ。

（僕が『魔導式蒸気機関』を作り出したことで、地球で起こったような悲劇がこの世界でも起きる可能性がある。そうならないような対策を考えないと……）

タイヤゴムが完成した喜びとともに、ルートの胸には重い責任がしっかりと刻まれていた。

ルートたちがタイヤゴムの完成に浮かれて、あわててポルージャに向け出立した翌日のこと。

『雨宿り亭』では、雇い人の少女イリアが掃除で各部屋を回っていた。

そして、ある部屋に入ったとき、ベッドの横に古ぼけた革袋が落ちているのに気づいた。

おそらくここに泊まった商会の少年が落としたものだろう。中身を確認したが、なにも入っていなかったので、掃除が終わったあと、主人のマーサのもとへ持っていった。

「女将さん、昨日出発したお客さんの部屋にこんなものが……」

「ん？　あら、財布代わりの革袋かねぇ？　でも、なにも入ってないね」

「はい、なにも入っていませんでした。どうしたらいいでしょうか？」

マーサは、イリアが正直者で小金をくすねるような子ではないことを知っていたので、革袋を見ながら、少しの間考え込んだ。

「まあ、大事なものなら取りにくるだろうさ。なにも入っていなかったということは、もう使わないから置いていったのかもしれないね。あんたが食材を買いにいくときの小銭入れに使ったらどうだい？」

イリアはこれまで、お使いで市場に行くときなどは、エプロンのポケットにお金を入れていたので、嬉しそうに頷く。

「はい、ありがとうございます。もし、お客さんが取りにこられたらお返しすることにして、それまではお財布の代わりに使わせてもらいます」

次の日、市場へのお使いを頼まれたイリアは、早速預かった銀貨二枚をその革袋に入れた。

「あら？　えっ、えっ？　え～っ！」

「な、なんだい、いきなり？」

お金を渡したマーサの孫のジェンスはびっくりして、思わず帳簿(ちょうぼ)を床に落とした。

イリヤの叫び声に、厨房で仕込みをしていたマーサも驚いて出てくる。

「な、ないんですう、今入れたお金がないんですよ～」

「えっ？　そ、そんな馬鹿な。貸(か)してみろ」

ジェンスはイリアから革袋を受け取ると、中を確認し、裏返しにする。それでも納得がいかずにイリアの周囲やポケットの中を確認したが、確かに銀貨は忽然(こつぜん)と消えていた。

そのとき、じっと様子を見ていたマーサが近づいてきて、ジェンスから革袋を受け取る。

「もしかすると……」

彼女は目を瞑り、銀貨を思い浮かべて袋に魔力を流した。

「出でよ、銀貨」

チャリ、チャリ、チャリ〜ン……

実は、魔力は必要なかったのだが、床の上に五枚の銀貨と、三枚の小銀貨が落ちて、乾いた音を響かせた。三人は唖然として、お互いの顔を見合わせる。

「マ、マジックバッグ？　あわわ……」

ジェンスはその価値を知っていたので、へなへなとその場に座り込んだ。

マーサもこれが大変な品物だと分かって、深刻な表情で考え込む。

マジックバッグなど初めて見たイリアは、床に落ちた銀貨を拾い上げて不思議そうに首をひねっている。

「昨日泊まっていた客は、なんという名前だった？」

マーサの問いに、ジェンスはあわててカウンターの下から宿帳を取り出してめくった。

「三人組で、『タイムズ商会』と名乗っていた」

「そうかい。じゃあ、ジェンス。あんたひとっ走り商業ギルドに行ってきておくれ。『タイムズ商会』の人間が、大事なものをうちに忘れていったので、連絡してほしいってね」

「あ、ああ、分かった。行ってくる」

　こうして、ルートがうっかり部屋に落とした革袋をめぐって、『雨宿り亭』でひと騒動起きていたのだが、当のルートはそれを知る由もなかった。革袋をどこかに落としたことには気づいたものの、しかたがないと諦めていたのだ。だから、ポルージャのギルドから連絡を受けたときは、『雨宿り亭』の人たちの正直さに感動したのだった。

　一週間後、ポチョル商会にゴムの原液を回収しにきたルートは、『雨宿り亭』に立ち寄って、感謝を述べた。そのうえで彼らにこう言った。

「……よかったら、この革袋をもらってくれませんか。中身は今から出します」

　マーサもジェンスも驚いて、あわてて断ったが、ルートは肩からかけたカバンを叩いて、笑いながら言う。

「僕にはこれがあるんでいいんですよ。作ろうと思えばすぐ作れますし。必要なければ売ってくださっても構いませんから」

　そして、革袋の中から金貨や銅貨、そして大きな石材やら部品のようなものを次々に取り出した。マーサたちは呆気にとられている。

　こうして、革袋は『雨宿り亭』の宝物になった。大きな荷物が、いくつも入り、簡単に運べる革袋は、人手が少ないこの宿にとって、全く夢のようなアイテムで大いに役立ってくれた。

数年後、今では代替わりして、隠居の身となったマーサは、大きくなった宿の裏の自宅で静かに余生を過ごしている。冬の日差しが優しく照らす彼女の部屋の暖炉の上には、小さな宝箱があり、その中には、今ではもう役目を終えた古ぼけた革袋が静かに眠っているのだった。

第四章　商品第一号、魔導式蒸気自動馬車

ルートたちはポルージャの街に帰ってきた。そして、その足で早速工房へと向かった。

新しい工房では、すでに『魔導式蒸気自動馬車』の車輪や本体部の製作が急ピッチで進められていた。

「おお、帰ってきたか」

「おかえり、ルート。その顔だと、上手くいったんだな？」

「ただいま帰りました、親方、皆さん」

工房で働いていた職人たちが、作業の手を休めてぞろぞろと集まってきた。

「親方、まだ資金は足りていますか？」

「ああ、十分だ。材料は豊富に使えるし、給料も高いし、皆張り切って働いているぞ」

「よかったです。じゃあ、いよいよ完成に向けて頑張っていきましょう」

ルートはそう言うと、皆が注目する中で、カバンから黒いゴムを取り出した。

「これが、車輪に被せるタイヤゴムです。自由に触ってみてください」

おお、というどよめきが起こり、職人たちは初めて見るゴムを順番に回して観察していった。

「なるほどな……確かにこいつを車輪に被せれば、かなり振動は抑えられるだろう」

マリクがゴムを触りながら言う。

「ああ、これと板バネを組み合わせれば、揺れは大幅に減らせる。ルート、これは簡単に作れるのか？」

カミルの問いに、ルートはカバンから材料とレシピを書いた紙を取り出して、作業台の上に置いた。

「ここに作り方は書いてあります。分量と温度に気をつければ、誰でもできると思います。材料は僕が用意しますので、これを専門に作る人を誰か決めてください。その人にはタイヤの成型までやってもらおうと思っています」

「うむ、分かった。こちらで選んでおこう」

「ありがとうございます。それから、馬車の動きを止める装置のアイデアと、進む方向を変える装置の見本図も簡単に描いてきました。皆さんで検討して試作品を作ってもらいたいのですが……」

ボーグはルートが紙に走り書きした設計図を受け取り、唸り声を上げながらじっと見つめる。

「う～む……なるほど……ルート、この油圧(ゆあつ)とか、パッドとかいうやつはなんだ？」

「ああ、それはできれば作りたいな、と思っている部品ですが、作り方がよく分からないので、諦めました。あはは……まずは簡単にして、それから少しずつ改良していこうと思っています」

「そうか、よし。今から職人たちで会議を開く。お前も参加してくれ」

こうして、鍛冶工房の広いスペースに作業台が三台並べられ、職人二十七人とルートたち三人の計三十人が作業台の周りを囲んだ。

そして、ボーグが進行役を務(つと)め、これまでの作業の進捗状況(しんちょくじょうきょう)の確認、問題点、これからの作業の段取りなどを熱心に話し合っていった。ルートは職人たちの質問に答えながら、必要なことをメモに取る。二時間あまりに及ぶ会議の結果、『魔導式蒸気自動馬車一号機』は、二十日後に完成予定となった。いよいよ商品第一号の誕生が、実現しようとしている。

（お披露目(ひろめ)にはエドガーさんにも来てもらいたいな。明日、ボーゲルに行こう）

ルートは、この商品を発明するきっかけになったエドガーのことを思い出すのだった。

それから三週間後。ついに、世界初の自動で動く馬車が完成した。

馬は使わないから『馬車』と呼ぶのはおかしいのだが、この世界の人たちに『自動車』という言葉は、全く意味が通じない。だから、『馬車』という馴染みの言葉を使って、これが乗り物だということを認識してもらうことにしたのだ。

お披露目会は、初夏の日差しが降り注ぐ工房の敷地で行われた。

この会に招かれたのは、ポルージャの商業ギルドからベンソンとドラン、ボーゲルの商業ギルドからエドガーとエレンの四人だけだった。

この画期的な商品は、公表すれば大変な騒ぎになり、色々な方面から面倒な横槍が入るかもしれない。そう考えた両ギルドマスターの判断で、ごく少人数で行うことになったのだ。

「お忙しい中、早朝からお集まりいただきありがとうございます。では、ただ今から『魔導式蒸気自動馬車』のお披露目会を開催します」

ルートのあいさつに、出席者からパチパチという拍手と、職人たちからざわめきが起こる。自分たちが精魂込めて作り上げた一号機のお披露目である。その興奮と喜びはひとしおだった。

敷地の中央に置かれた一号機に被せられたシートが取り除かれる。

「おお、これが……」

エドガーは、思わず声を上げて、その斬新(ざんしん)な見た目の馬車に見入った。

その形状は、前方が少し突き出した小型バスといった感じだ。ただ、違うところは、バスは四輪だが、『魔導式蒸気自動馬車』は前輪が二つ、後輪が四つの六輪という点である。これには二つの理由がある。

一つは、ルートが将来的にもっと大型のものを作り、大勢の人や荷物を輸送する定期便の運行を計画していること。

もう一つは、今のところ、動力部の『魔導式蒸気機関』がどうしても重く、後部車体に負担がかかることだ。軽量化は今すぐとはいかないので、それまでは六輪で車体を支えることにした。

蒸気機関車の仕組みと同じで、蒸気の力は後輪に伝えられ、連結棒(れんけつぼう)でつながった四つの車輪が同時に動く。一方、前輪はハンドルとつながっており、ハンドルを回すと、歯車(はぐるま)を使って前の車輪が動く仕組みになっている。本体は天井部分がやや丸みを持った箱型で、軽量化するために木で作られている。内部の座席は革張りで、対面式になっており、片側三人は余裕で座れる広さだ。

「早く動くところを見せてくれ」

ベンソンの催促(さいそく)に、ルートは頷いた。運転はルートが行う。

「では、動かします。まず、後ろのこの部分を開けると、魔石を補充するための蓋があります。これが起動スイッチにもなっているので、こうして手で魔力を込めます。すると、内部の魔石が点火して、このランプが赤く光ります。それを確認したら、蓋を閉じて運転席に着き、ブレーキペダルを踏んだまま……蒸気が溜まるのを待ちます。この時期だと五分から八分くらいで溜まるはずです」

ルートが説明していると、やがてシューシューと水が沸騰する音が聞こえ始め、後部の排気マフラーから白い湯気が出始めた。

「運転席には、蒸気圧計と速度計が備えつけてあります。蒸気圧計の針が、赤のラインに入ったら、発進オーケーです。このサイドレバーを下ろして、ブレーキペダルからゆっくり足を離します。動きますよ～危ないから前をどいてくださ～い」

シュッ……シュッシュッ、シュッ、シュッ……

キュル、キュル、キュル……

『魔導式蒸気自動馬車』は、蒸気の音と、連結棒とカムの摩擦音を響かせながら、ゆっくりと動き出した。

シュッ、シュッ、シュッ、シュ、シュシュシュシュ……

工房の敷地を、次第に速度を上げながら馬車は軽やかに走り始める。職人たちは歓声を上げながら、踊るように馬車の後ろを追いかけて走ってゆく。

工房の周りを二周ほど走ってから、ルートはブレーキを踏み、サイドレバーを引き上げた。

「止めるときは、このサイドレバーを引き上げます。すると、圧力釜(あつりょくがま)の蓋が開き、ブレーキがかかって動かなくなります」

ルートは説明を終えると、馬車から降りた。

「いかがですか？　実際に乗り心地を試してみませんか？」

「お、おお、乗るぞ、乗らせてくれ」

ベンソンが興奮気味に言う。

「わしらも乗るぞ、エレン」

「は、はい。でも、なんだか足が震えて……」

「ああ、わしもじゃ。こんなものができるのをこの目で見られる日が来るなど、思いもしなかったわい……」

招待された四人は、車内に入っていく。

「なんと、思ったより広いな。馬車の窮屈(きゅうくつ)さに比べたら、雲泥(うんでい)の差じゃ」

「では、出発しますよ。座ってください」

ルートは、職人に運転手を代わってもらい、窓の外から声をかけた。

馬車は四人を乗せてゆっくりと走り出す。

「おお、全く揺れを感じない。素晴らしい乗り心地だ」

「うむ、じゃが、実際の道で走って見ないと分からぬな」

試乗を終えたギルマスたちはルートのもとにやってきた。

「いかがでしたか？」

ルートの問いに、二人のギルマスは興奮を隠しきれない様子で頷く。

「ああ、文句なしにすごい。認めよう。これは世界に変革をもたらす商品だ」

「うむ、わしも久しぶりに心が躍っておる。いくつか質問があるが、いいか？」

「はい、答えられる範囲でお答えします」

エドガーはコートのポケットからメモ帳を取り出した。

「この馬車は、普通の道をどのくらいの速さで走れる？」

「はい、実験ではなにものせていない状態で、時速五十五キロまで出ました。工房の敷地内で回りながらですから、直線だともっと出ると思います。人や荷物をいっぱいにのせたら、時速四十五キロが精いっぱいかなと思います」

「ふむ、つまり、一時間で四十五キロ進むということじゃな？　その間、魔石や水は何回補充する必要があるのじゃ？」

「水は一時間に一回、魔石は満タンにすれば、二か月は余裕でもちますよ」

「な、なんと！　では休みなしであれば、二時間足らずで、ここからボーゲルに着くのか？」

驚きの声を上げてメモを取り始めたエドガーに代わって、今度はベンソンがドランとなにかを話したあと、ルートに質問した。

「わしも質問が二つある」

「はい、どうぞ」

「一つはこれに使う魔石のことだ。どのくらいのランクの魔石なら動かせるのだ？」

「ああ、心配ご無用です。これに使っているのは最低ランクの、所謂クズ石です。家庭用の魔石コンロと同じですよ」

「そ、そうか。では二つ目だ」

ベンソンはそう言うと、一度深呼吸してからじっとルートを見つめた。

「この馬車は、いくらで売ろうと考えているのだ？」

ルートはちょっと下を向いて考えてから、顔を上げて二人のギルマスを見た。

「実は、今日お二人に来ていただいたのは、そのことをご相談したいと思ったからです。僕たちは商売は初めてなので、助言をいただければと思います。この『魔導式蒸気自動馬車』、お二人ならいくらでお売りになりますか？」

逆に質問されて、ベンソンもエドガーも考え込んだ。それぞれドランとエレンとひそひそ相談を始める。ふいに、ベンソンがルートに尋ねた。

「この試作品を作るのに材料費、職人の手間賃含めていくらかかった？　おおよそでいい」

「はい、材料費は約二二五万、手間賃は約一〇〇万、合計三二五万ベニーといったところです」

これを聞いて、ギルマスたちはまた驚きの声を上げた。

「なんと、これが大金貨三枚ほどでできるというのか？」

「ああ、はい。実はベンソンさんはご存じかと思いますが、鉄やチタンはコルテスの冒険者ギルドに常時依頼を出していますので、『毒沼のダンジョン』からも冒険者が運んできてくれます。その買取金の値段が月に約十万で、あとは、ゴムの木の手付金に二〇〇万かかりました。今後どれくらい木を買い取るかは未定ですが、一度買ってしまえば、あとは輸送費と手間賃だけになりますので、長い目で見れば、ここは安くできると思います。それに、木材と革に十五万、工房の職人二十七人に三週間分、約一〇〇万の給料を払いました」

ギルマスたちは再び相談を始め、ルートたちは緊張しながらその結果を待った。

ポルージャとボーゲル、それぞれの街の商業ギルドのトップが相談を終えて、ルートのほうに向き直る。

「まずはポルージャの意見を聞こうではないか。特許の認定をしておるのじゃろう？　その使用料をわしらは知らないからな」

エドガーの意見はもっともだったので、ベンソンは一つ咳ばらいをすると口を開いた。

「よかろう、我々の査定は、大金貨八枚、つまり八〇〇万ベニーだ」

職人たちの間にどよめきが起こる。自分たちが想定していた値段よりかなり高かったからだ。

「ふむ、まあ妥当じゃな。わしらは八五〇万ベニーという計算じゃった。もちろん最低価格じゃ。今後の売れ行き次第ではさらに価格は上がるじゃろう」

「分かりました。僕が考えていた値段よりかなり高く見積もっていただいて嬉しいです。では、お二人の間を取って八二〇万ベニーで売ることにします。ポルージャでは僕の店で売ることになりますが、ボーゲルでの販売はどこかの商会に委託することになりますね。信用できる商人を紹介していただけますか？」

「うむ、お安い御用じゃが、できれば支店を出してくれぬか？　この商品を誰かに委託するとなると、かなり面倒なことになる予感がしておるのじゃ……」

「なるほど。でも、今のところ支店を出すほど資金に余裕が……」

「それならば、わしに任せてもらおう。名前だけ貸してくれればよい」

「そ、それはとてもありがたい話ですが、果たしてお返しできるほど売れるかどうか……」

「売れる。わしが保証する。それに、期限は定めんのでな。また面白いものを作って売ってくれればよい」

ルートはそれ以上なにも言わず、エドガーの好意に甘えることにして頭を下げた。

「分かりました。よろしくお願いします」

「うむ。それで、『魔導式蒸気自動馬車』はいつ頃届けてくれる？」

「はい、これから量産の準備をします。五日後には二号機ができると思いますので、それをお届けしようと思います」

「そうか、楽しみにしておるぞ」

そのあと、工房の空きスペースでささやかながら、祝宴が開かれ、出席者たちにルートが作った料理とコルテス産のワインが振る舞われた。

そして、このとき出された料理が、またひと騒動を巻き起こした。

「っ！　……ん、美味いっ！　なんだ、これは？」

「んん～、美味しい～！　こんなの初めてよ。ルート君、これなんていう料理なの？」

「はい、それは『カツサンド』と言います。豚肉にパンの衣をつけて油で揚げたものを、黒パンで挟みました。中のソースはトマトと玉ねぎをベースに香辛料を入れて煮詰めたものです」

「こっちは鶏肉か？　ニンニクが利いて美味いな。いくらでも食べられるぞ」

「ありがとうございます。それは『から揚げ』です。『醤油』という調味料があれば、どちらももっと美味しくできるんですが」

「『ショーユ』？　聞いたことがないな。どんなものだ？」

「ああ、説明するのはちょっと難しいですね。時間ができたら、作ってみますよ。材料はすぐに揃いますから」

「これをぜひ、ボーゲルで売ってくれ」

「いや、ちょっと待て。ポルージャでまずは売ってもらわねば、おかしいだろう」

二人のギルマスが、ライバル心むき出しで言い争いを始める。

「ああ……まあ、まあ、お二人とも、落ち着いてください。実は、もうこの二つの料理を屋台で売り出す計画をしているんです。売れれば、僕の店の二階をレストランにして、そこで皆さんに食べていただこうと考えています」

「うむ、これは間違いなく売れるぞ。では、ボーゲルにもレストランを用意せんとな」

「エ、エドガーさん、気が早すぎますよ。ええっと、じゃあ、公平に一つずつ特許申請をしますよ。ベンソンさんは『から揚げ』でいいですか？」

「ううむ、両方と言いたいが、しかたがないか。では、『から揚げ』をいただこう」

「では、わしは『カツサンド』じゃやな。ふふ……楽しみでしかたないのう」

「ただし、お二人に条件を出します」

「「なに？　条件？」」

ルートはにやりと微笑んで続けた。

「『米』という穀物を探していただけないでしょうか？　今から簡単に絵を描きます。もし、それが見つかったら、もっと美味しい料理を紹介しますよ」

「『コメ』？　聞いたこともないな。ドラン、知ってるか？」

「いいえ、初めて聞きます」

ベンソンが首を傾げる。

「エレン、聞いたことは？」

「いいえ、聞いたことありませんわ」

ボーゲルの二人もきょとんとした顔をしている。

「ルート、もしかしてその『コメ』があれば、あれか？　いつか言ってたものすごく美味い料理ができるのか？」

ジークの問いに、ルートはにこにこしながら答えた。

「ああ、カレーライスかな。うん、もちろんそれもできるし、まだまだ、『米』を使った美味しい料理はたくさんあるんだよ」

ルートはメモ紙に稲穂の絵を二枚描いて、特徴を書き込み、ギルマスたちに手渡した。

「ふむ……麦に似ておるな。温暖で湿気の多い場所か。そうなると、西のリンドバル辺境伯領あたりがいいかの……よし、商人たちに手分けして探させよう」

エドガーは早速、『コメ』が自生していそうな場所に目星をつけている。

ギルマスたちは目を輝かせてメモ紙に見入るのだった。

そしてやがて、稲の原種に近いものが見つかるのだが、それはまだ半年余り先のことである。

第五章　魔法のポーション

季節は夏に変わり、暑い日が続くようになっていた。

『魔導式蒸気自動馬車』の生産工程はよりスムーズになり、ルートたちは商会の営業活動であわただしい日々を過ごしていた。

その日、ルートは薬屋のガルベスに頼まれていたポーションを卸しに来ていた。

ちょうど店の前まで来たとき、店先でなにやら揉めているようだった。

「なあ、なんとかもう少し安くならないか？　最初に買ったときの八倍の値段なんて、あんまりじゃないか」

「だから、言ってるだろう？　このポーションは皆欲しがるから、あっという間になくなるんだ。わざと高くして、本当に必要な人にだけ売っているんだよ。欲しいなら、金を持ってくるんだな」

冒険者らしい男女二人組は、悔しげに拳を握ってなおも食い下がろうとしたが、後ろに並んだ客に押しのけられて、しかたなくその場を離れていった。

この二人、ローグとジルは夫婦でCランクの冒険者だった。

近郊の小さな村で生まれ育った幼馴染みで、成人したあと、仕事を求めてポルージャの街にやってきた。

しかし、若く、なんの技術も持たない二人になかなか仕事は見つからなかった。そこで、とりあえずお金を稼ぐために、冒険者登録をして、薬草採集や街の雑用をしながら、なんとかその日その日を暮らしてきたのだ。

幸い、ポルージャの街のそばにある森は、それほど危険な魔獣が出なかったし、薬草も多かったので、駆け出しの冒険者にはありがたかった。

四年後、二人はCランクに昇級し、また初めての赤ちゃんも生まれた。他のパーティと組んで仕事もこなせるようになり、生活にも少し余裕がでてきた。だが、子供のためにも、もっとお金を稼ぎたいと思うようになる。

そして、その日はやってきた。一年半前のことである。

その日、二人はキングボアの調査クエストを受けて、いつもより森の深くまで入っていた。斥候役のローグが、物音に気づいて背後のジルに警告したときにはもう遅かった。先に二人に気づいていたキングボアが、茂みの中から突進してきたのである。

ローグは最初の攻撃をなんとか躱したが、弓を構える暇もなく二回目の攻撃が来て、キングボアの牙で脇腹を貫かれた。

ジルはようやく魔法の詠唱を終えて、《ファイヤーボール》を放ち、ローグがとどめを刺されるのを防いだが、キングボアはまだ攻撃態勢を緩めない。もはやここまでか、と覚悟を決めたとき、神の助けが現れた。

「おーい、大丈夫か?」

同じクエストを受けた、とある冒険者パーティが駆けつけてくれたのである。

冒険者たちは、すぐに攻撃態勢をとって弓矢と魔法の遠距離攻撃を放ち、キングボアを退散させた。だが、ローグの傷は深く出血も止まらない。

駆けつけた冒険者たちも、誰もが助からないと諦めていた。ジルは必死の思いで夫を励まし、ポーチから薬屋で買った安物のポーションを口に流し込んだ。そして、二度目の奇跡がまた二人を救う。

「っ！　ロ、ローグ、あなた、ああ、神様……」

なんと、ローグの呼吸は見る見るうちに穏やかになり、彼はゆっくりと目を開いたのだ。

「えっ、ど、どういうことだ？　なにが起こった？」

周囲の冒険者たちは、わけが分からず騒ぎ出した。

「もしかして、そのポーションか？」

ローグはすっかり回復し、驚いたことに傷も塞がり始めていた。もはや疑いようがない。彼を救ったのは、街の薬屋で売られている安いポーションだったのだ。この話はすぐに冒険者たちの間に広がり、ガルベスの薬屋には、ポーションを求める冒険者や病人を抱える家族たちが押し寄せた。

そして、それがポーションの大幅な値上がりにつながったのである。

この効き目抜群(ばつぐん)のポーションは、ルートが作ったものだった。

流石に死んだ人間を蘇生(そせい)させることはできないが、大抵のケガや病気は完全に治癒(ちゆ)することができる。一度に作れる量が限られていたので、高値で取引されていることは知っていた。

しかし、当初の値段から八倍も値上がりしているとは……それはルートにとっては不本意なものだった。

◇　◇　◇

「ガルベスさん、ポーションを持ってきました」

「おお、これはこれは、ブロワーさん。お待ちしておりました」

小太りの初老の店主は、揉み手をしながら満面の笑みでルートを迎えた。

「はい、確かにヒールポーションとキュアポーション二十本ずつ、お預かりしました」

ガルベスはそう言うと、用意していた代金の布袋を差し出した。

だが、ルートはすぐには受け取ろうとしない。

「ガルベスさん、ご相談があります」

「あ、はい、なんでしょう？」

「今後、この店にポーションを卸すのをやめようと思います」

それを聞いた薬屋の店主は、いっぺんに青ざめてしばらく口がきけなくなってしまう。

「な、なにをおっしゃるんですか？　困りますよ、ちゃんと代金は払っているし……」

「はい、代金はいただいています。売れ行きがいいからと、当初の三倍の値段で……でも、実際は八倍の値段で売っていますよね？　先ほどそう言っておられるのを聞きましたよ」

「あ、いや、そ、それは……」

「本当に困るのは、あなたではありません。貧しい中で懸命に仕事をし、薬を必要としている人たちです。そんな人たちの手助けになるのなら、僕は喜んで薬を卸しますよ」

ルートの言葉にガルベスはなにも言えず、冷や汗を流しながら下を向いた。

「そこで、ご相談です。ガルベスさん、僕の商会で薬屋をやってくれませんか。ただし、誰もが買える適正な値段で売ってもらいます」

ガルベスは話についていけず、目を丸くしたまま口をパクパクさせている。

「他にもいくつか薬を売ります。今のような収入はなくなるでしょうが、商業ギルドに報告されて商売ができなくなるよりはマシでしょう」

「な、お、脅すつもりですか？」

「いいえ、提案しているだけです。今のままのやり方を続けたいなら、僕は薬を卸しませんし、ギルドに報告します。僕の店に移転して薬を売ってくれるなら、相応の報酬を支払いますし、ギルドにも報告しません」

ガルベスに選択の余地はなかった。

「わ、分かりました。あなたの店で働かせてください」

ルートはにっこり笑って、手を差し出す。

「ありがとうございます。早速今からギルドに行って申請を出し、契約書を作ってきます。今後ともよろしくお願いします」

ガルベスはため息を吐きながら、しぶしぶ差し出された手を握った。

こうして、『タイムズ商会』の店舗の一階に入る店が一つ決まった。後日談だが、移転してガルベスの薬屋は大繁盛(だいはんじょう)することとなり、それまでよりもはるかに多くの収益を上げた。そして、安価で効き目のあるポーションは、多くの人の命を救うことになったのである。

第六章　公共事業のスタート

この世界には、まだ公共の乗合馬車というものはなかった。

街や大きな村には貸し馬車屋があって、旅人は個人的に、あるいは何人かと共同で馬車を借りるのである。御者代も含めるとかなり高額で、よほどお金に余裕のある者しか利用できなかった。

だから、馬車は需要(じゅよう)の高さの割に、利用者は少なかったのである。

『魔導式蒸気自動馬車』の量産体制も整い、注文も相次いで、まずは順調なスタートを切った『タイムズ商会』だったが、二つの問題が浮かび上がった。

一つは、まだこの世界の人たちにとって、馬がいないのに動く馬車というのが、全くイメージできないものであったことだ。街を『魔導式蒸気自動馬車』で走ったところ、大変な混乱を巻き起こしてしまった。多くの人は恐怖を感じて逃げまどい、興味を持った人たちも少しはいたが、彼らは面白がってどこまでも追いかけてくるといった有様だった。

二つ目は、貸し馬車屋を営む者たちからいい顔をされないことだ。『魔導式蒸気自動馬車』が普及したら、自分たちの仕事がなくなるのではないか、という不安が急速に高まっていったのである。

そこで、ルートたちは作戦会議を開き、一つのアイデアを導き出した。

それは元々ルートが将来的な構想として持っていたものだった。そのアイデアを持って商業ギルドに赴き、ベンソンに協力を依頼する。

すると、ベンソンはその考えに大いに賛同し、協力を約束したのであった。

◇◇◇

「なに、『定期乗合馬車』だと？　なんだそりゃ？」

ベンソンの口利きで、ルートたちはポルージャの街で貸し馬屋を営むグラントを訪れていた。

「はい、決まった場所と場所の間を、決まった時間に人や荷物を乗せて走る馬車です。例えば、ポルージャとガルニアの間を週に二回、午前と午後に一台ずつ往復させます。うちの商会の『魔導式蒸気自動馬車』は、詰めれば八人は乗れますので、往復で十六人、一日三十二人を運ぶことができます。一人銀貨一枚もらえば、三十二万ベニーの売り上げが出せます。週に六十四万ベニーの売り上げが見込めるわけです」

「ろ、六十四万だと？　にわかには信じられんな……そんなに客が集まるとは思えんが……しかも、馬のコンディションだって、そんなにいつもいいわけじゃない。客が少ないのに、必ず週二回決まった時間に走らせるなんて……」

「いいえ、お客さんは集まります。今、馬車を使えない人たちは、苦労して歩いて移動しています。市場に品物を持ってくる人の三割は、近郊の村から荷車を押してきているんです。もし、定期的に低料金で移動できる手段があれば、利用したい人は大勢いるはずです。それと、馬のことは心配ありません」

グラントは太い腕を組んで、うーんと唸りながら考え込んだ。

「確かに、やってみる価値はあるかもしれねえな。それで、俺たちになにをしてほしいんだ？」

「はい、皆さんにはうちの『魔導式蒸気自動馬車』の宣伝をしてもらいたいのです」

「宣伝？　どういうことだ？」

「実は、うちで売っている『魔導式蒸気自動馬車』は馬を使わない馬車なんです。でも街の人たちは怖がったり、物珍しく思っていたり、まだ便利な乗り物だという認識がないんです……」

「ああ、そりゃあ無理もないぜ。本当に馬車の代わりになるのか？」

ルートはにこりと微笑んで頷くと、ぐいと身を乗り出してこう言った。

「そこでです。グラントさん、うちの『魔導式蒸気自動馬車』を二台、半年間タダで貸し出します。それを使って『定期乗合馬車』をやってくれませんか？」

グラントは目を見開いて、ぐいとルートに顔を近づけた。

「タダで、か？」

「タダで、です」

グラントはじっとルートを見つめていたが、やがてにやりと笑った。

「よし、やってみようじゃないか」

「ありがとうございます。どうか、よろしく」

ルートは心の中でガッツポーズをしながら、グラントに手を差し出す。

◇　◇　◇

「まず、第一段階はクリアだね」

「ああ、だな。だが、次が問題だ。一筋縄ではいかないと思っておいたほうがいいぞ」

『魔導式蒸気自動馬車』の三号機に乗り込みながら、ルートたちは気合を入れ直した。

「いよいよ正念場だ。行くよ、二人とも」

「おうっ！」

「ん！」

三人の乗った自動馬車は街の中を走り出す。目指すは街の北西に位置する大きな館。ポルージャの領主、ロベル・ポルージャのところだった。

以前リーナとルートで、ロベル・ポルージャが経営する荘園のケイブワームを討伐しにいったとき、本人には会えなかった。ロベル・ポルージャのスラム街の状況を知りながら、見て見ぬ振りをしてそのままにしていた。会ったこともないが、ルートはポルージャの領主館が目の前に見えてきたとき、なんだか今から凶悪なダンジョンボスに挑む冒険者のような心境だった。

「止まれ。ここはポルージャ子爵様の館だ。なんの用だ？」

大きな鉄の門の前には、二人の衛兵が立っていた。そのうちの一人が、『魔導式蒸気自動馬車』をじろじろと見ながら近づいてくる。

「こんにちは。僕たちはこの前新しく設立した『タイムズ商会』の者です。領主様にごあいさつをし、この『魔導式蒸気自動馬車』を進呈するためにやってきました。これは、商業ギルドのベンソンさんからいただいた紹介状です」

ルートは緊張した表情でバッグから紹介状を取り出して、衛兵に差し出す。

「ま、魔導式……」

「『魔導式蒸気自動馬車』です」

「わ、分かった。しばらく待っていろ」

衛兵は紹介状を受け取ると門のところに戻り、もう一人の衛兵になにか告げてから、門の内側に入っていった。

「よかったな、外出中ではなかったようだ」

運転席からジークが振り返ってそう言う。

「うん……」

「ルート、怖い顔してる」

リーナの言葉に、ルートははっとして表情を緩めた。

「そうだね。こんな顔していたら、向こうも身構えるよね」

「ん、でも、貴族は信用できない。用心したほうがいい」

そんなことを話していると、やがて衛兵が戻ってきた。

「子爵様がお会いになるそうだ。くれぐれも失礼のないようにな」

「ありがとうございます。気をつけます」

「よっしゃ、じゃあ、いざ乗り込むか」

ジークがなぜか楽しげにそう言って、サイドブレーキを下ろす。

シュッ……シュッ……シュッ、シュッシュッシュッ……

『魔導式蒸気自動馬車』は軽快に蒸気の音を発しながら、大きな鉄の門をくぐって進んでいく。

ロベル・ポルージャは二階の執務室の窓から、門を入って走ってくる『魔導式蒸気自動馬車』を見ていた。そして、彼の目はプレゼントのおもちゃをもらう子供のように輝いていたのだった。

「旦那様、『タイムズ商会』の者が参りました」

「うむ、入れ」

執事の老人がドアを開けて、ルートたちを中へ通す。

「初めまして、ポルージャ子爵様。『タイムズ商会』のルート・ブロワーと申します。この二人はジークとリーナです」

「うむ、そうか。ポルージャの領主、ロベル・ポルージャだ。今日はどのような用で参ったのだ？」

ロベル・ポルージャは椅子に座ったまま尋ねた。

「はい、本日は、我々『タイムズ商会』が開業したことのごあいさつと、ささやかながらある商品を献上（けんじょう）したく、やって参りました。それとこの街にとって、とても有益になる提案もございます」

「ほお、お前が商会の代表か？　ベンソンの話では、相当優秀な商人らしいな」

「恐れ入ります」

「ふふ……否定しないのだな」

「自分がそれほど優秀だとは思いませんが、ただ金儲けだけを考えている凡庸な商人だとも思っておりません」

ロベルは目の前で頭を垂れている少年に瞠目して、椅子から立ち上がった。

「あはは……なかなか言うな、面白い。それで、どんなものをくれるのだ？」

「はい、『魔導式蒸気自動馬車』です」

「……馬車か？　さっき窓から見ていたのだが、お前たちは変わった馬車に乗っていたな」

「はい、馬の力ではなく、蒸気の力で動く馬車です」

「蒸気だと？」

「はい、そうです」

「そんなもので馬車が動くのか？」

「外に置いてありますので、実際にご覧になりますか？」

「うむ」

ロベルはよほど近くで見たかったのか、自分からさっさと部屋を出ていった。

それを見て、ルートたちは顔を見合わせてにやりとしてから、彼のあとを追いかけるのだった。

ロベル・ポルージャは外に出ると、『魔導式蒸気自動馬車』の外部や内部をくまなく見ながら、何度も唸り声を上げ、目を輝かせる。

「動かしてみせろ」

「はい。せっかくですから、乗ってみませんか？　ポルージャ様」

「う、うむ」

ロベルは少しびくびくしながら車内に上がっていった。

「では、出発します」

「おっ、おお、動いてる……あははは……うん、全く揺れないな」

ポルージャ邸（てい）の庭を二周回ったところで、ルートは『魔導式蒸気自動馬車』を止めた。

「乗り心地はいかがでしたか？」

「ああ、うむ、よかったぞ。これは商品として売るのか？」

「はい、すでに予約がいっぱいで、待ってもらっている状態です」

「なるほど……確かにベンソンが言っていたとおりの人物のようだな」

子爵は馬車から降りると、再び館の中にルートたちを招き入れた。今度は執務室ではなく、一階の応接室に自ら案内する。メイドに茶菓子（ちゃがし）を持ってくるように命じたあと、彼はソファに座り、ルートたちにも座るように言った。

「それで、私になにか提案があるとか。申してみよ」

「はい。道路整備の公共事業をやっていただけないかと……」

「なに？　道路整備だと？」

「はい。実は、『タイムズ商会』と貸し馬車屋の共同で、ガルニアまでの『定期乗合馬車』を運行しようと計画しています。週に二回、先ほどお見せした『魔導式蒸気自動馬車』で、お客を乗せてポルージャとガルニア間を往復させようと思っているのです。これまで、主に裕福な商人や旅人が馬車で移動し、一般の人たちは歩いて移動していました。これでは多くの人やものが、簡単に移動できません。でも、『定期乗合馬車』で人や荷物を決まった日、決まった時間に、短時間で安く運ぶことができれば、商品の流通がより活発になります。その利益は計り知れません」

ルートの熱意のこもった説明に、子爵は圧倒される。そして一つ咳ばらいをし、表情を引き締めて口を開いた。

「ああ、言いたいことは分かった。つまり、その『定期乗合馬車』が走りやすいように道路を整備してほしいということだな？」

「はい。それに、この事業にはもう一つメリット、つまりポルージャの利益になることがあります」

「ほお、それは？」

ルートは、深呼吸して、心を静めながら言葉を紡（つむ）ぎ始（はじ）めた。

「今この街には、安定した仕事を持たない人たちがたくさんいます。日雇いの仕事を取り合うようにして、必死にその日その日をなんとか暮らしています。僕もスラム街で生まれ育ちましたから、その人たちの苦労をよく知っているのです。特に、子供たちや老人、女性、弱い人たちにそのしわ寄せが行っている。道路整備の公共事業で、その人たちが仕事に就き、賃金（ちんぎん）を得れば、店や市場でお金を使うでしょう。そうすれば税金が増えます。子供たちにも食べ物が買えます。また、周辺の町や村から働きにくる人が増えれば、さらに、街が豊かになるでしょう。お金を使って、経済（けいざい）を回すことで、皆が幸せになれるのです」

ポルージャ子爵は、ルートが言ったことが正論であることは分かっていた。

しかし、その言葉の裏に、自分をたしなめるような意図を感じ取って、プライドを傷つけられたように感じたのだ。しかも、相手は年端（としは）もいかない少年である。

「確かにそのとおりだ。だから、領政局（りょうせいきょく）には多額の公共事業費を毎年与えて、そうした者たちの働き口を世話している。働かない者が多いのは、仕事がないのではなく、そもそも働く気がない怠（なま）け者（もの）が多いからだ」

「……それは初めてお聞きしました。でも、僕が知る限り、ゴミの収集や汚物の処理以外の公共事業は見たことがありません。僕の勉強不足かもしれませんが……差し出口をお許しください。一度、領政局の帳簿を調査されてはどうでしょうか？」

　このルートの言葉に、子爵は眉を吊り上げ、拳でテーブルを叩いた。

「な、なに？　お前は、領政局の役人が不正なことをやっていると言うのか？」

　ルートはすぐに頭を下げて謝ってから、落ち着いた口調で続ける。

「お気を悪くされたのなら謝ります。ですが、悪い商人と役人が裏で手を結び、公金を都合よく自分のものにするのは、どこの世界でもよくあることです。役人の中には正義感の強い方もいらっしゃると思います。その方に極秘で調査をしてもらえば、なにか分かるかもしれません」

　ルートはそう言ったあと、表情を和らげて立ち上がった。

「余計なことを申しました。本日は時間を割いていただきありがとうございます。『タイムズ商会』は、今後も街の発展に尽くしていきたいと思っています。どうかごひいきにお願いします」

「あ、う、うむ……道路整備の件は検討して、追って連絡する」

「ありがとうございます。では、失礼します」

　ルートたちはポルージャ子爵の屋敷を出て、歩いて街へ帰っていった。

「あれでよかったのか？　結局、確約は取れなかったが」

「うん……本当はもっと話が通じないかなって思っていたよ。まあ、種は蒔いたから、あとは芽が出るかどうかだね。気長に待とう」

「ん、途中で少し冷や冷やしたけど、ルートはいいこと言った。すっきりした」

「ありがとう、リーナ。さて、まだまだ、やることはいっぱいあるよ。次はレストランの計画だ。

二人とも頑張ってね」

「はいはい、もう慣れてきたよ。まあ、食い物のことは楽しいから頑張るぜ」

「ん、『カッサンド』のために頑張る」

三人の笑い声はやがて街の雑踏(ざっとう)の中に消えていった。

◇　◇　◇

ルートたちが去ったあと、ポルージャ子爵は改めて『魔導式蒸気自動馬車』を見に、外へ出た。

見れば見るほど、画期的な乗り物だと感心する。そして、それを作った少年の顔と言葉が浮かんで、どうにも気になってしかたがなくなってくる。彼は館に戻ると、執務室に執事の老人を呼んだ。

「レイナス、すまぬが領政局に探(さぐ)りを入れてくれぬか。特に公共事業費の使途(しと)について。これが、私のところに上がってきている報告書だ。照らし合わせてみてくれ」

「承知しました」

執事が出ていったあと、ロベル・ポルージャは、領主になって以来、一度も自分自身で領政局の査察を行っていなかったことに気づいた。

領政局から上がってくる予算書や報告書をろくに精査もせず承認していたのだ。

現在の領政局長は、商人上がりのファーガス・レントン準男爵だが、頭が切れる有能な男だという印象があり、毎年十分な額の税収を報告してきていたので、安心して任せていた。

それに、レントンは元々ガルニア侯爵の下で働いていた男だったので、彼を疑うようなことは考えもしなかったのだ。しかし、結果はすぐに明らかになった。

「全く、ひどいものです。不正を隠そうともしていませんでした。これが報告書です」

五日後、執事がまとめた報告書を見て、ロベルは愕然となった。

自分が領主になった翌年から、累々として積み上げられてきた『使途不明金』は、すでに数十億ベニーになっていた。しかも、公共事業費に至っては、毎年半分ほどしか使われておらず、余った金は予備費として、これも数億ベニーが領政局の金庫に入っていることになっていたのだ。

ロベルは眩暈を覚えて椅子にがっくりと座り込んだ。さらに詳しく調べれば、まだまだおかしな点が出てくるだろう。

「すぐにファーガスを捕えて、ここに連れてまいれ」

「はい、すでに衛兵を領政局の周囲に待機させてあります。今から、指示を出します」

　実は、ルートはなんの根拠もなしにロベルを揺さぶったのではなかった。公共事業のことを商業ギルドのベンソンに相談にいったとき、彼からこんな話を聞いていたのだ。

「ああ、役所には期待しないほうがいいな。まあ、領主様を直接動かせれば、なんとかなるかもしれんが……この街では公共事業はほとんど行われていないんだよ。ゴミと汚物の回収くらいだ。公園や広場の整備、下水道の清掃も、冒険者ギルドの依頼に頼っている始末だからな。実は、ここだけの話だが、役所では公共事業費をこっそり懐に入れているやつらがいるんじゃないかって、もっぱらの噂だ。一部の商人も結託しているという。それも、もう何年も前からな……」

　ひどい話だと、ルートは思った。しかし、役所はともかく、そんな悪徳商人がいるなら、商業ギルドでも調査して処罰できないのだろうか。

　ルートがそんな疑問をぶつけると、ベンソンはため息を吐いて首を振った。

「商人が独自でやっていることなら、いくらでも追及できるし、捜査もできる。だが、貴族が絡むとなると、そうはいかんのだ。知らぬ存ぜぬを通されれば、それ以上はなにもできん」

　ああ、やはりそうなのだ。この世界では正義や公正は自分たちを守ってくれない。

　知恵と策略でなんとか現状を変えるしかないのだ。

　ルートの胸に重くのしかかる身分制度の壁。しかし、ここで諦めてしまうわけにはいかない。持てる力を振り絞ってやるしかない。ルートは改めて心を奮い立たせた。

「えっ、王都から注文？　本当か？」

「はい、昨日王都の『リンドバード商会』というところから使いの方が来まして、三台の注文をいただきました」

『タイムズ商会』の工房は、今朝も朝早くから職人たちの活気に満ちた声と、様々な音が響き渡っている。ルートから報告を受けた工房長のボーグは、驚いた表情で唸った。

「『リンドバード商会』だと？　……こいつは驚いた。王都でも三本の指に入る大商会だぞ。喜ぶべきだが、これからますます大変になるぞ。王様の耳にもじきに噂が入るだろうし、王家から注文が入ったりしたら、他の商会や貴族たちが騒ぎ出すのは間違いないだろう」

「そうですね。まあ、騒ぎになるのは予想していましたが……なんとかしますよ。ところで、職人さんの数は増やしたほうがいいですか？」

「ああ、それならもう手は打ってある。ちょっと待ってろ」

ボーグはそう言うと、工房の中に入っていった。そして十人のドワーフ族と思われる若い男女を連れて出てくる。

「お前に相談もしないで、勝手にわしの故郷から呼び寄せちまった。皆、ここで働きたいと言っているが、雇ってくれるか？」

ルートはボーグの手回しの速さに驚きながらも、喜んで頷いた。

「あはは……仕事が早いですね。もちろん大歓迎ですよ。皆さん、どうぞよろしくお願いします」

男性八人、女性二人のドワーフの若者たちは一斉に歓声を上げて、頭を下げる。

ボーグも満面の笑みで、若者たちの肩を叩く。

「あ、そうだ、親方。一つ相談があるんですが」

「うむ、なんだ？」

「店舗で売る商品のことです。薬屋には入ってもらえることになりましたが、僕としては、ぜひ良質で手ごろな値段の武器や防具、生活用具なんかも売りたいんです。それで、それらを作ってもらえたらと思っているんですが……もちろん、手が足りないなら無理にとは言いません」

ボーグはにっこり笑って、胸をどんと叩いた。

「ああ、任せておけ。『魔導式蒸気自動馬車』の部品は、ほとんどが鋳型成型だ。金属の配合さえきちんとやっておけば、仕上げの工程だけ人手がいるが、あとは手が空いている。わしとカミル、マリクで交代しながら作るよ」

「やったぁ、ありがとうございます。これで、なんとか店もオープンできそうです」

ルートはうきうきしながら、店に帰っていった。

「おかえりなさい」

「ただいま、リーナ。なにもなかった？」

「ん、コルテスの『ゴルジ商会』ってところから、一台注文が入ったくらい」

「そうか……ジークはまだ鉱石の買い取りから帰ってないの？」

「ん、まだ」

ルートが冒険者ギルドに手伝いにいこうとかと考えているところへ、ジークが帰ってきた。

「おう、帰ったぜ。今日の取り引きの明細書だ」

「おかえり、ジーク。ご苦労さん」

ジークは数枚の紙をルートに手渡して、ソファにどっかりと座り込んだ。

「ああ、それとな、ベンソンからの言づてで、ポルージャ子爵が『明後日、屋敷に来い』だとよ」

明細書をしまっていたルートは、手を止めて二人のほうへ振り返った。

「道路整備の件かな？」

「ああ、たぶんな。ごたごたも片づいたってところか」

ルートたちはベンソンから、領政局で局長以下三人の役人が衛兵に連行されたこと。ポルージャに支店がある、大きな商会の支配人が翌日には監獄に入れられたことを聞いていた。

ルートが蒔いた種が、思いの外早く、大きな成果を生んだのだが、このことで、ルートはポルージャ子爵に対する評価をいい方向へ変えることになったのである。

「よし、上手くいけば今月中に、『定期乗合馬車』の運行が始められるかもね」

ルートは、夢が一つ一つ実現していく充実感に胸を膨らませるのだった。

ルートはその日の昼頃、一人でポルージャ子爵の館を訪れた。門を通り、広い庭を歩いてようやく館の前まで来ると、入り口のドアが開いて、一人の男が出てくる。見覚えのある顔だった。

「あっ」

「あ、ええっと、お久しぶりです」

お互いに驚いて立ち止まり、名前を思い出そうとするが思い出せない。

「君は、あのときのすごい魔法を使った少年だな」

「ああ、はい。西の農園でケイブワーム退治をしたルート・ブロワーです」

「やはりそうか。俺はバールだ。あのときは世話になったな」

「ああ、バールさんでしたね。その後、ワームの被害はどうですか？」

バールは嬉しそうに笑みを浮かべて、ルートの両肩に手を置いた。

「いやあ、おかげでな、あれからワームは一匹も現れなくなったんだ。ぜひ、お礼を言いたいと思っていたが、なかなか会う機会がなくてな。ここで会えてよかったよ。ありがとうな。皆に代わってお礼を言うよ」

「いえいえ、でも、よかったです。また被害が出たら、冒険者ギルドに依頼を出してください。僕たちが行きますので」

「ああ、そのときはまたよろしくな」

二人が握手をして別れのあいさつをしようとしていたとき、ドアが再び開いて、ロベルが現れた。

「なんだ、えらく遅いと思ったら立ち話をしていたのか。二人は知り合いなのか？」

衛兵からルートの来訪を聞き待っていたロベルは、ルートがなかなか館の中に入ってこないので様子を見にきたらしい。

「ああ、子爵様。この少年ですよ。以前、農園でケイブワームを退治してくれた冒険者というのは」

「なに、本当か？」

「あ、はい。それが初めての魔物退治でした」

ロベルはそのときのバールの報告を思い出していた。

「バール、あのときお前は、この少年が《結界魔法》を使えると言っていたな？」

「あ、ああ、はい、そう申しました」

「ブロワー、どうなのだ？　まさか、本当に《結界魔法》が使えるのか？」

ルートはどう答えようか迷った。どうやら《結界魔法》は、希少な魔法らしいことが分かったからだ。

「はい、使えます」

ルートはこの領主のことを信用できると判断し、思い切って答えた。ロベルはじっとルートを見つめていたが、やがてなにか決意したように小さく頷いて、扉へ手を伸ばした。

「よし、では入ってくれ。バール、ご苦労だった。出荷の時期は追って指示する」

「は、はい、では失礼いたします。ルート君、またな」

「はい、お元気で」

ルートはバールに別れを告げると、ロベルとともに館の中へ入っていった。

◇　◇　◇

ロベルはルートを執務室の応接スペースに案内して、向かい合ってソファに座る。小さなテーブルには、用意させていた紅茶と菓子が上等な陶器(とうき)の器に入れられて置かれている。

「率直に聞こう、君はいったい何者なんだ？」

（この前は『お前』だったのに、ちょっと僕への見る目が変わったのかな？）

ルートは心の中で考えながら、答えた。

「僕はスラム街の娼婦、ミーシャ・ブロワーが生んだ子供で、それは役所で調べていただければ、すぐに分かります」

「ああ、それは確認ずみだ。だが、あり得ん……王都の王立学校を卒業したと言うなら分からぬでもないが、ただの平民の子供が、なぜ、あんな機械を考え出し、宮廷魔導士級(きゅうていまどうしきゅう)の魔法が使える？」

「子爵様、人が持つ可能性は無限です。それは、身分には関係ありません。誰もが可能性と能力を持っています。それを引き出す機会に恵まれるか、恵まれないかだけだと思います」

ロベルは、ルートの言うことには異論はなかったが、それでも少年の才能を説明するには不十分なのではないかと思うのだった。

「……そうか、分かった。今はこれ以上聞くまい。いずれ、私をもっと信用してくれる日が来たら、詳しく話してくれると期待しておこう。さて、本題に入る。例の道路整備の件だが、昨日担当の者に見積もりを出すように指示しておいた。先日の話では、ガルニアまでの道をということだったが、この機会に周辺の道路も整備しようと思う。そこで、予算について、意見を聞きたいと思い、来てもらったのだ」

ルートは思わず立ち上がって、深く頭を下げる。

「ありがとうございます。ご決断が正しかったと思っていただけるよう、きっと街の発展のために尽くしてまいります」

子爵は真正面から礼を言われて、照れくさい気持ちで小さく咳払いをした。

「う、ん、ああ、まあ、公共事業は必要なものだからな。それに、これは君への礼の意味もある。まあ、座りたまえ」

ロベルは、二つのカップに自ら紅茶を注ぐと、その一つをルートのほうへ押しやってから、自分のカップを口に運んだ。

「うん、ちょっと濃いが香りはいいぞ」

「ありがとうございます。いただきます」

「領政局の取り調べのことは、もう聞いているだろう?」

「はい」

「君の助言のおかげで、私はこの街を腐らせる前に救うことができた。改めて礼を言おう」

子爵はそう言って真摯に頭を下げる。

ルートはまたもや意表を突かれて戸惑い、貴族に対する固定観念を変えざるを得なくなった。

「どうか頭をお上げください。僕のような平民の言葉を、きちんと受け取ってくださった子爵様は、大変立派な領主様だと感動しました」

「いや……恥ずかしい話だが、君に会わなければ、私はずっと不正に気づかないままだった。領主失格だ。これからはもっと街に出向き、この目で見て、領民の声にも耳を傾けるつもりだ。君にはこれからも私の手助けをしてほしい。どうだね？」

「もったいないお言葉です。もちろん、僕にできることがあれば、精いっぱいやらせていただきます」

子爵は頬を緩めると、手を差し出した。ルートはその手をしっかりと握った。

「では、予算の件を詰めよう」

「はい、よろしくお願いします」

その後、二人は道路整備に関する必要経費と人員や資材の手配、その担当者について話し合った。その内容を執事のレイナスが横でメモする。

後日、領政局から上がってきた見積書とメモを見比べながら、子爵は綿密な命令書を作って領政局に持っていかせた。こうして、道路整備という、大きな公共事業が始まったのだった。

第七章　神官長ビオラ・クライン

ハウネスト聖教国は、この世界の中で特別な存在だ。

起こりは、今から約二〇〇〇年前、ここにティトラ神を祭る最初の神殿が建てられたことによる。その神殿に仕える神官たちの中で、最も神の力を与えられたと讃えられたのが、初代の教皇となったハウネスト・バウウェルである。

やがて、神殿を中心に街が形成され、拡大して国が生まれた。教皇を頂点として、彼を補佐する四人の神官たちが枢機卿と呼ばれ、四等分された地域を治めながら、国全体の政治、経済、軍事、外交を会議によって決めていた。

教皇は『神の代理人』であり、他の国の王たちも、この国には手を出さないという不文律を守っていた。教皇は何者にも侵されない絶対的な権力者なのである。

教皇になるためには、常人には理解できないほどの厳しい修行と試練を乗り越えねばならない……はずだった。

制度というものは時間が経てば、色々な思惑が絡みついて腐敗していく。

権力は醜い争いを生み、血によって汚されていく。

ここ何代かの教皇は、そんな血なまぐさい闘争の中から選ばれていた。彼らはいつ自分の地位を奪われるか、常に戦々恐々とし、猜疑心に支配されていた。

もはや、それは人を救う教皇ではなく、権力にしがみつく亡者であった。

「ボーゲルの商業ギルドより、エドガーがお目にかかりたいと来ておりますが」

厳重な警備で守られた神殿の最奥の塔の一室で、現教皇クリフ・バウウェル十八世は、数人の侍女を侍らせて、最上級のワインを味わっていた。

神官の言葉に、クリフ・バウウェルは澱んだ目を向けて、面倒くさそうに口を開く。

「エドガーか……なんだろうな。よし、通せ」

エドガーは、年に一度、春先にこの国で開かれる『中央枢機卿会議』で教皇と面会している。

現教皇が就任したのが四年前なので、四回は顔を合わせたことになる。

しかし、その会議のたびに教皇は退屈そうにあくびをしながら、出席者一人一人を品定めするように睨めつけたのだ。その視線に、エドガーは嫌悪感を抱いた。

神官に案内されて、衛兵が立つ扉の前まで来たエドガーは、一つ深呼吸をして心を落ち着ける。

「ボーゲルの商業ギルドマスター、エドガー・シーベルを連れてまいりました」

「ああ、入れ」

頑丈なドアが音を立てて開き、きらびやかな部屋の中から、アルコールときつい香水の匂いが混じった空気が流れ出る。

「お目通りいただき、恐悦至極に存じます。エドガー・シーベルでございます」

「うむ、久しぶりじゃな。ギルドマスターがわざわざ出向くとは、よほど大事な話なのであろうな？」

「はい。この国に大きな富を運んでくれる話を持ってまいりました」

「ほお、ぜひ聞かせてくれ」

教皇はそう言うと手を上げて、左右の侍女たちを下がらせた。

「まあ、こちらに来てゆっくりしてくれ。コルテス産の十二年物だが、どうじゃ？」

「はっ、では、遠慮なくいただきます」

教皇は侍女にグラスを持ってこさせ、ワインを自ら注いだ。片方は明らかに少ない量だった。

エドガーは少ないほうのグラスを取って、わずかに口に含む。

「それで、どのような話じゃ？」

「はい。実は先日、隣国のポルージャの街に招待され行ってまいりました。招待したのは、かの街に新しくできた『タイムズ商会』の者です。その商会がこれから売り出す商品を、優先的に見せてもらったのです……」

「ふむ、つまり、その商品が我が国にも富を運んでくるというのか？」

「はい、そのとおりです。それは、これまでの常識を覆す画期的な商品なのでございます」

「ええい、もったいぶらずに、早く教えろ。それはなんなのだ？」

「それは、『魔導式蒸気自動馬車』と言います」

「な、ま、魔導式……なんじゃと？」

「『魔導式蒸気自動馬車』、でございます」

「なんじゃ、それは？　新型の馬車か？」

「はい、馬のいらない馬車でございます」

「はあ？　う、馬がいらない？　ば、馬鹿なことを。馬が引くから馬車であろうが」

「はい、その常識を覆すのがこの商品でして、実際に見ていただいたほうが分かりやすいかと思い、持ってまいりました。ご覧になりますか？」

教皇は一瞬迷ったが、好奇心には勝てずに頷いた。

「よし、見よう。おい、近衛隊長を呼んでまいれ」

常に刺客の脅威にさらされているらしい教皇は、外に出るだけでも大変だった。

結局、準備に二十分もかかって、ようやく二人は神殿の中庭へ出る。

『魔導式蒸気自動馬車』が中庭を軽快に走る様子を見ながら、教皇は心底驚き、同時に非常な危機感を抱いた。

「いかがでございますか？　これを使えば、人も荷物も短時間であちこちへ運ぶことができます。その可能性はまさに無限でしょう」

エドガーは自信を持ってそう言ったが、教皇はむっすりとした顔で黙っている。

そして、『魔導式蒸気自動馬車』を見ながらおもむろに口を開いた。

「エドガー、その隣国の商会とは、今後一切取り引きしてはならぬ。この馬車もすぐに処分しろ」

「は？　……な、なぜでございますか？」

「分からぬか？　この馬車が今後さらに改良され、巨大に、頑丈になって、兵士や武器を乗せて動くようになったら、世界は瞬く間に蹂躙されてしまうぞ」

確かに、教皇が指摘した危険性は、エドガーもルートから聞いていた。その危険を回避するために、ルートは蒸気圧の増幅に関する技術については秘匿し、特許申請していないのだ。

つまり、現在の『魔導式蒸気機関』では、ある程度の重量までしか動かせないのである。

ピストン、シリンダー、ボイラーを大きくすれば重量が増えて動かなくなる。また車体を軽くすれば大きいだけのハリボテになってしまう。結局、蒸気圧を上げて出力を増やすしかないのだ。

蒸気タービンを使うという奥の手もあるが、この世界の科学水準では発明される可能性はゼロに近いだろう。

そんなわけで、エドガーがルートから聞いた話では、兵器や武器に使われる危険性は限りなく低いということだった。

しかし、エドガーには、教皇にそれを説明して納得させる自信はなく、結局、ハウネスト聖教国に『魔導式蒸気自動馬車』を普及させようという目論見は失敗に終わったのだった。

落胆して商業ギルドに帰ったエドガーは、ある決意をしながら、暮れてゆく窓の外の景色を眺める。その目には、このハウネスト聖教国が、暗い闇の中にあるように映っているのだった。

ハウネスト聖教国は四つの枢機卿領に分かれている。ボーゲルの街は南南西に位置するスタークス・ボーゲル卿の領都である。

この日、エドガーは領主であるボーゲル卿の館を訪れていた。

「ふむ、そのような反応だったか……昔から用心深い男であったが、もはや甲羅の中に引きこもった亀じゃな」

「このままでは、この国の経済は停滞するばかり……それどころか、財務卿のオーフェン一派が好き勝手に私腹を肥やすばかりでございます。今はまだ庶民も信仰心に支えられて耐えておりますが、このまま困窮した生活が続けば、いずれは反乱の火が上がらぬとも限りません」

ボーゲル卿とエドガーは若い頃からの付き合いで、同志でもあった。

「うむ……だが、財務を握ったオーフェン卿の力は強い。現教皇を担ぎ上げたのもやつの金の力で集まった神官、司祭たち、数の力だ。この体制を変えるのは容易ではない」

「四年前、対抗馬を一本に絞れなかったことが悔やまれますな……」

「そう、それが全ての原因じゃよ。私利私欲を捨て、国の未来のためと考えれば、大同団結ができたのじゃ」

「今からでは遅いですか？」

エドガーは真剣な目をボーゲル卿に向ける。

「……なにを考えておる？　エドガー」

「この国の未来のためには、腐った肉を切り落としてしまわねばならないかと……」

「な、内乱でも起こすと言うのか？」

「そうなるかもしれません……でも、上手くことを進められれば、内乱にならずともよい方向に向かわせられるのではないかと思っております」

ボーゲル卿はしばらくじっとエドガーを見つめていたが、やがて口を開いた。

「よかろう、その考えとやらを聞かせてくれ」

エドガーは頷いて、自分の計画を語る。

その大まかな内容は次のようなものだった。

まず、オーフェン卿の不正を暴き、神官、商人などの罪状を記録しておく。そして、次の教皇にビオラ・クライン神官長を擁立する。二人の枢機卿をこちらの計画に引き込んでおいて、来春の『中央枢機卿会議』で罪状を暴露し、オーフェン卿とその一派を拘束し、教皇を強制退位させる。

「不正の調査と記録はやっておきます。それと、クライン神官長への根回しもいたしましょう。枢機卿への働きかけと来春の会議での発議をお願いしたいのです」

「簡単に言ってくれる……失敗したら、わしもお前も即刻死罪だぞ。ふふ……だが、昔と変わらぬな。思い立ったらがむしゃらに突き進むところは」

「老い先短いこの命、この国のためになるなら惜しくはありません。もちろん、あなたができぬとおっしゃれば、諦めましょう」

ボーゲル卿は立ち上がって、窓際へ歩いていった。しばらくの間、彼はエドガーに背を向けて考え込む。

「なあ、エドガー。お前の計画の中で最も肝要で、しかも困難なことはなんだと思う？」

「ううむ、二人の枢機卿をこちらに引き込むことですか？」

「いや、違う。二人はこの計画を知れば喜んで仲間に加わるだろう……分からぬか？」

「はい」

ボーゲル卿はエドガーのほうへ向き直ると、厳しい表情でこう言った。

「二つ目の、クライン神官長の擁立だよ」

ビオラ・クラインは、政務担当のクライン卿の娘で、今や国中で最も信望の厚い神官であり、幼い頃から何度も神託(しんたく)を受け、国の大きな災難(さいなん)を未然に防いできた実績がある。

彼女が教皇になることに反対する者は、現教皇派以外にはいないはずだ。

エドガーはボーゲル卿の言葉を聞き、眉をひそめる。

「彼女こそ教皇にふさわしいことは誰もが認めている。だが、あの子自身が、頑(かたく)なに教皇に立候補することを拒んできた」

「なぜ、ビオラ様はそこまで拒まれるのですか？」

エドガーの問いに、ボーゲル卿は小さなため息を吐いて答える。

「『まだ、そのときではない』の一点張りでな。真意はよく分からぬ。支持を集めているビオラ様を目(め)の敵(かたき)にして現教皇が刺客を送り込んでいるという噂もあるから、そのせいかもしれぬ。とにかく、もしこの計画をあの子に話したら、断られる可能性が高い」

エドガーは低く唸りながら考え込んだ。

いくら他のところが上手くいったとしても、肝心のビオラが教皇にはならないのなら意味がなくなってしまう。

「分かりました。まずやるべきは、ビオラ様の説得ですな。事の次第はまたご報告に参ります。では、本日はこれで」

「うむ。わしも二人へ話しておこう」

エドガーは一礼して部屋を出ていった。

ギルドまでの帰り道。老齢のギルドマスターは、若い頃の熱い情熱を思い出し、晩秋の日差しの中を、大股で力強く歩いた。

ビオラ・クラインは夏の終わりに十六歳になった。十二歳で神官長になってからもう四年になる。
物心ついた頃から領都クラインの神殿で暮らし、祈りをする日々を送ってきた。
その中で何度か神に導かれてメッセージを受け取り、それを周囲に伝えることで、災害や事故を未然に防ぎ、人々から『生き神様』や『ハウネストの再来』などと讃えられてきたのだ。

三年前の夏には、北部の銀鉱山を襲った豪雨とそれによる土石流、川の氾濫を事前に予言し、被害を最小限に防いだ。神殿でいつものように祈りを捧げていたビオラの脳裏に突然、豪雨の中で崩れていく鉱山の斜面と濁流に呑まれる村や人々の姿が映し出されたのだ。

祈りを終えた彼女は、急いでこのことを父に告げた。娘の予知能力を信じているクライン卿は、すぐにこれを北部のミストール卿に伝えた。

ミストール卿は信じていなかったが、彼は、もしそれが現実となったとき、どれだけの非難と損害を受けるか不安になり、しぶしぶ対策に着手したのである。結果、それは現実のものとなり、彼は領民たちから思いがけない感謝を受けることになった。

相次ぐ奇跡を見せたビオラは、異例の昇進を何度も重ね、ついに十二歳という若さで教皇に次ぐ神官長の地位にまで上り詰めた。

ただ、それは、決して彼女が自ら望んだことではなかった。神官長になってからは、神殿にこもり、事務的な仕事以外では人に会うことを避けている。

彼女は幼い頃から、国内の宗教者たちのドロドロした権力闘争を数多く見聞きしてきたのだ。

そして実は、父のクライン卿もその争いに関わっていることを知っていた。

「なぜ、神に仕える者がそんなことを」と思い悩む彼女に、ある日父はこう言った。

「ビオラ、この世には、信仰心だけではどうにもならないことがたくさんあるのだよ。お前もいずれ分かるときが来る」

それからビオラは父の言葉を忘れることはなかった。そして、それが確かに真実であることは理解できたが、この世の全てではないと信じていた。

彼女にはずっと心の中で育て、誰にも語ったことがない夢がある。

広々とした田園、豊かに実った作物、美しく清潔な街並み。その中で人々は皆笑顔で、食べ物を分け合い、助け合って暮らしている。そして、神に感謝し、生あるものを慈しみながら満足して生きている。そんな世界中を回りながら、神の愛を説き、困っている人に手を差し伸べながら旅をするのだ。きっと喜びに満たされて、死んだあとは神の御許へ行くだろう。

どうしてそんな世界が作れないのか。なぜ、地位や金や権力といった一時の儚いものに執着して、世の中に不幸をまき散らすのか。彼女は考え続ける。

そんなある日、彼女は数か月ぶりに首都バウウェルを訪れ、礼拝を行った。

教皇のいる神殿なので身の危険があったが、周囲の心配をよそに、彼女は教皇のいる塔に堂々とあいさつをして立ち去った。そして、神前に戻ると一心に祈り始めた。

そして、奇跡は起こったのである。

「これは……」

祈り始めて数分も経たないうちに、彼女は白く輝く世界に包まれていた。

『久しぶりであったな、ビオラよ』

「ああ、主（しゅ）よ、お久しぶりでございます」

『愛し子よ、そなたの祈りはわしのもとに届いておる。だから、なにも案ずることはないぞ。己の信じる道を進むがよい』

ビオラは思わずはらりと涙をこぼした。

「ありがとうございます。ありがとうござ……い……ます」

『うむ、ビオラよ。西の街に、そなたを教え導く者がおる。その者はまだ若いが、そなたが進むべき道を示してくれるであろう。安心して頼るがよい』

「西の街……そ、それは……」

『わしを信じよ。そして己の信ずるままに進むがよい。必ず道は開けよう』

神の声は遠くなり、一瞬意識がなくなったあと、彼女は我に返った。

「ああ、主よ、ありがとうございます」

ビオラは涙に濡れた顔を上げて、ティトラ神の石像を見上げた。

彼女は礼拝を終えると、来たときとは別人のように活き活きした表情で神殿をあとにした。

ビオラがバウウェルで神の啓示を受けてから一週間後。エドガーはビオラに会いにきていた。

「初めてお目にかかります。ボーゲルの街で商業ギルドのマスターを務めております。エドガー・シーベルと申します。以後、お見知りおきを」

「初めまして、ビオラ・クラインです。どうぞ、お楽になさってください」

エドガーは、これまでに遠くから何度かビオラを見たことはあったが、こうして対面するのは初めてだった。間近で見ると、その幼さと、清らかな光に包まれているような美しさに驚いた。

「本日はお目通りをお許しいただき、ありがとうございます。これは、ささやかなごあいさつです。どうぞお受け取りください」

「まあ、ご丁寧にどうも。シノン、これを。それから、お茶をお願いね」

「はい、かしこまりました」

侍女が手土産の品を受け取って去ると、ビオラはソファに腰を下ろしてエドガーを見つめた。

（ボーゲルは、西の果ての街。もしや、この人が主の言っていた……でも、その人はまだ若いとおっしゃったわ。違うのかしら……）

「それで、今日はどのようなご用事でおいでになられたのでしょう？」

「あ、はい、実はポルージャの商会から、大変おもしろい商品を購入しまして、それをぜひ神官長様に見ていただこうと思ったのです。教皇様に先にお見せしたところ、その商品を国内で販売してはならぬと、きついお叱りを受けまして……」

「まあ、教皇様が？　いったい、どんな商品でしたの？」

「はい。『魔導式蒸気自動馬車』と申しまして、蒸気の力で動き、馬がいらない乗り物なのです」

「えっ、蒸気？　馬がいらない？　そ、そんなものが、本当に？」

「はい。私も実際に乗りました。実に快適で、揺れもなく、しかも、馬より速く走り、水を補給するだけでどこまでも行けるのです」

ビオラはあまりに驚いて、ぽかんとした顔で、しばらくエドガーを見つめていた。

「あ、あの、まだ信じられませんが、その魔導……」

「『魔導式蒸気自動馬車』でございます」

「そ、そう、その『魔導式蒸気自動馬車』を、なぜ教皇様は販売してはならないと？」

エドガーは、教皇の言葉をそのままビオラに伝え、さらにその危険性は心配する必要のないことだと説明した。

「……ですから、商会の者が言うには、この世界の技術では、兵器に転用するのは無理であるということです。この素晴らしい乗り物を利用しないのは愚かなことであると、私は考えております」

エドガーが、暗に教皇を愚かだと揶揄したことを、ビオラは咎めなかった。

「なるほど、分かりました。でも、その商人は本当に信用できるのですか？」

「はい、お誓いします。その者は、まだ少年ですが、規格外の才能の持ち主です。しかも、人を思いやる優しさも持ち合わせております」

「えっ、そ、その商人って、少年なのですか？」

ビオラは驚いた。

「はい、ルート・ブロワーと言いまして、確かビオラ様よりも少し年下かと……」

（ルート……まさかあのときの少年が？　ああ、我が主よ、そういうことだったのですね……）

ビオラの脳裏には、以前ポルージャの街を訪れたときのことが鮮明によみがえっていた。教会に行く途中、ビオラは馬車の窓から、貧しい身なりの少年が光に包まれているのを見たことがあったのだ。

「エドガーさん。ぜひ、その少年に会わせてください。私の記憶が正しければ、その少年とは以前会ったことがあります」

エドガーは当初の計画から話が違う方向にずれてきたので、少し考えてから答えた。

「はい、それはお安い御用ですが、教皇様に商品の販売を禁じられているので、彼に会ったところで意味はないかと……」

「いいえ、私が個人的に興味があるのです。どんな人物か確かめたうえで、もし、その商品を広めたほうがいいと判断したときは、私から直接教皇様にお願いしても構いません」

「なるほど……では、お答えする前にもう一つ、私の話をお聞きください」

エドガーはそう言うと、姿勢を正してから続けた。

「神官長様は……」

「ビオラで構いませんわ」

「恐れ入ります。では、ビオラ様。今、国民の多くが、特に農村や漁村で働く者たちのほとんどが生活に困窮している状況をご存じでしょうか？」

ビオラは地方の司祭たちから、庶民の現状報告を受けていた。そして、その現状をなんとかできないか、父にも相談していた。

しかし各領地の経営は、基本その領主である枢機卿たちの裁量に任されている。個人的に他領地への干渉はできないのだ。そして、唯一それができるのが教皇なのである。

「はい、聞いています」

「私のいるボーゲル領では、比較的適正な価格で物品の売買がなされていますが、一つの領地だけでは生活に必要な物品をまかなうことはできません。どうしても、他の領地から色々なものを購入する必要があります。しかし、他領地の物品を買おうとすると法外な値段がつけられます。調べてみると、商人が買い取るときの値段は呆れるほど安いのです。しかし、商人はその何倍もの値段で民衆に売ります。なぜだと思いますか？　それは税金が高いからです。高い値段で売っても、ほとんど税金で取られてしまい、商人も儲けがないのです。そして、その税金は全て各枢機卿と教皇のもとに集まってきます」

ビオラは途中から聞くのが辛くなって、下を向いていた。

まさに、エドガーが指摘したことが事実であり、それがずっと彼女の心に重くのしかかっていたことだったからだ。

（お父様がおっしゃっていた『信仰心だけではどうにもならないこと』は分かっている。でも、主はおっしゃった。『そなたの祈りはわしのもとに届いておる』と。きっと、主はこの民衆の苦しみをお救いくださるはずだ）

「ビオラ様、今日ここに参って、あえて苦言を言わせていただいたのは、『魔導式蒸気自動馬車』のことも民衆の苦しみも一度に解決する道がある、ということを知っていただきたかったからです」

「えっ、そ、それはどういうことですか？」

「あなたが教皇になればいいのです」

「……そ、それは、まだ……」

「まだ、そのときではない、ですかな？　つまり、神はそう言っていないと？」

「そうです。だから……」

エドガーは、まだ少女を説得する言葉を持っていたが、今は無理強いすべきでないと判断した。

「分かりました。失礼なことを申し上げたことをお許しください。では、ルート・ブロワーとの面会のことは、また後日連絡いたします」

「はい、お願いします。今日言われたことは、私もよく考えてみます」

エドガーは一礼して部屋から出ていった。

（やれやれ、確かに説得は難しいな。う～む、外の世界にもっと目が向ければ、変わるかもしれんが……ブロワーならひょっとして……）

◇　◇　◇

「なに？　あの古狸が神官長のところへ行ったのか？　ふん、なにをこそこそと動いておるのか……分かった。引き続き、監視しろ」

「はっ」

神官服を着た目つきの鋭い男は一礼すると、音もなく部屋を出ていった。

教皇バウウェル十八世は侍女に酒を注がせながら、四年前のことを思い出していた。

その夜、彼はミストール領の領主クリフ・ミストール卿として、前教皇ベルナー・バウウェル十七世の私室を訪れていた。

ベルナーは老齢に加え、長らく病の床に就き、周辺に近いうちに退位することを仄(ほの)めかしていた。

クリフは他の枢機卿が動き出す前に、自分が教皇になるように画策(かくさく)したのだ。

彼はあたかも四人の枢機卿たちの代表であるかのように、連判状(れんぱんじょう)を偽造(ぎぞう)して、ベルナーに次の教皇にはミストール卿を推薦するという、遺言状(ゆいごんじょう)を書くように迫った。

ベルナーは初めはそれを拒否したが、枢機卿の総意であると言われれば、従わざるを得なかった。

こうして、クリフは教皇自筆の遺言状を手にしたのだ。そして、その翌日、ベルナーは亡くなった。死因は病死と発表されたが、彼の家族や身の回りの世話をしていた者たちは納得しなかった。容体が急変するような病気ではなかったからだ。

（エドガーめ……なにを企(たくら)んでいるのか知らんが、わしは簡単にやられはせんぞ。やられる前にやってやる。わしには忠実(ちゅうじつ)な犬が何匹もいるからな……ふふふ……）

酒に酔ったクリフは、じっと空中を見つめていた。

第八章　神官長の護衛任務

ポルージャの冒険者ギルドの二階の奥には執務室がある。

大きな書棚や革張りの豪華なソファも目立つが、この部屋に入ってまず目につくのが、壁のあちこちに飾られた魔物の革や頭蓋骨だ。

この日、『時の旅人』の三人はギルドマスター、キース・ランベルの前に座っていた。

「それにしても、壁飾りがどれも刺激的ですね。もしかして、これ皆ギルマスが倒したんですか？」

部屋の中を見回しながらルートが尋ねると、キースは人懐っこい笑顔を見せて答えた。

「ああ、昔な。といっても、一番新しいのは六年前のものだ」

キースはそう言って、自分の後ろの柱に飾られたオークキングの首を指さした。

おそらく三メートルを超えていたであろう巨体だ。ランクは当然Aだろう。

「それで、その凄腕の元冒険者さんが、俺たちにどんな用事なんだ？」

ジークは誰が相手だろうと態度を変えない。

「おお、それだがな。あるお方の護衛を頼みたいんだ」

キースもあっさりした性格のようで、ジークの口の利き方を気にしない様子だった。

「護衛、ですか？」

「うむ、ハウネスト聖教国は知っているか？」

「あ、はい、ボーゲルの街に行ったことがあります」

「そうか。実は、そのハウネストはティトラ神教の総本山がある国で、教皇が治めているんだが、このところ、内側がごたごたしているみたいでな……」

キースはそう前置きしてから、現在ハウネスト聖教国の内部で起きていることを大まかに話してくれた。

「つまり、現教皇は人望がなくて、神官長のほうが人気があり、このままでは教皇の立場を追われると疑心暗鬼（ぎしんあんき）になっている。そこで教皇が、神官長の命を狙い始めた。神官長とその側近たちはそれを知って、布教活動という名目であちこちの街に行き、なるべく教皇から離れるようにしている……ということだな？」

ジークが難しい話を要約して尋ねると、キースは小さく頷いた。

「ああ、そういうことだ。神官長は以前、この街にもお忍（しの）びで来られたことがある」

「ああ、そういえば街のやつらが騒いでいたな。えらく立派な馬車と護衛に守られた神官様が来たって」

（そういえば、教会の近くで神官の服を着た女の子に呼び止められたっけ。確かビオラって言ってたような……もしかして、あの子が神官長？　僕より二つか三つくらい年上だった）

ルートは記憶に鮮明に残っている場面を思い出していた。

「それでだな、クライン卿の治める領都のギルドから大陸中のギルドに、内密の依頼が発せられたって話さ。その神官長が隠れる先の街で、腕利きの冒険者に護衛をさせろっていう依頼だ。もちろん神官長の側近もいるんだが、あんまり大勢は連れていけないらしくてな。反逆罪（はんぎゃくざい）だと教皇側に訴えられる恐れがあるらしい。まあ、そういうわけで、この国はハウネストと隣接している。神官長が逃げてくる可能性は高い。もし、知らせが来たときは……」

「俺たちが、その神官様を護衛するってわけか」

「そういうわけだ。どうだ、引き受けてくれないか？」

「う～ん、たぶん、俺たちは忙しいからな。店を始めるんだ」

「ん、たぶん、店番とかやらないといけない」

「ほう、店をやるのか？　そうか……だが、お前たち以上の腕を持つ冒険者は、この街には……」

ジークとリーナの返答に、キースが困ったように考え込む。すると、それまでじっと話を聞いていたルートがおもむろに口を開いた。

「分かりました。その依頼、お引き受けします」

「お、おい、いいのか？」

「うん、店のほうは人を雇えばなんとかなるよ。この仕事は僕がやらないといけない気がするんだ」

ルートの言葉に、ジークとリーナは不安げながらも納得して頷いた。

「おお、やってくれるか、ありがたい。報酬はかなり高いぞ、たぶん、あはは……」

キースは上機嫌で笑っている。ルートにとっては、報酬よりもクリスマスの日に、ティトラ神と交わした約束のほうが大切だった。

『……今は理由は言えぬが、いずれその人物は、そなたを頼りにするようになるし、そなたのよき協力者ともなるはずだ。心に留めておいてくれ』

ルートは、『その人物』がハウネスト聖教国の神官長で、キースの言うビオラという少女に違いないと確信していた。

◇　◇　◇

キースから護衛任務の話を聞かされた数日後。

ルートはエドガーに手紙で呼び出され、ボーゲルの商業ギルドに来ていた。

「おお、来たな。今日は一人か？」

「はい。商会が忙しくて、二人には仕事で残ってもらいました」

「ふむ、そうか。繁盛しているようで安心した」

エドガーはそう言ってため息を吐き、エレンにお茶を持ってくるように指示する。

そして応接室のソファにどっかりと腰を下ろした。

「少しお疲れのようですね。これ、飲んでみませんか？」

ルートはカバンの中からポーションを取り出して、エドガーの前に差し出した。

「ん？　なんじゃ、ポーションか？　これも自分で作ったのか？」

「はい、ケガだけでなく、病気や疲労にも効きますよ。どうぞ」

エドガーはいぶかしげだったが、蓋を開けて匂いを嗅いだあと、思い切ってごくりと飲み干した。

そして、数秒後……彼は思わず立ち上がった。

「うおっ、こ、これはすごい。体の中から力がみなぎってくるぞ」

エドガーは身を乗り出して両手でルートの手を掴み、じっと見つめた。

「お前というやつは、どれだけ驚かせれば気がすむのじゃ。このポーション、当然売ってくれるんだろうな？」

「あはは……はい、いいですよ。ただ、時間が空いているときに作るものですから、たくさんは作れないのです。月に二十本程度でよければ」

「うむ、それでいい。あとで契約書を用意しよう」

「失礼します。お茶を持ってまいりました」

「ああ、入ってくれ。エレン、お前も座ってくれ」

お茶と菓子をテーブルに並べたエレンが、ルートの隣に座る。

すると、エドガーは改まってこう切り出した。

「実は、今日お前に来てもらったのは、大事な頼みごとがあったからじゃ」

「僕にできることであれば」

「うむ、お前にしかできぬことだ。ビオラ・クラインを知っておるか？」

ルートはその名前を聞いて驚いた。先日ポルージャの冒険者ギルドで、キースから護衛の話を聞いたばかりだったからだ。

「はい、知っています。この国の神官長をされている方ですね」

「そうじゃ。彼女が言うには、お前と以前どこかで会ったということじゃが……」

「はい。ポルージャの教会の近くで偶然（ぐうぜん）……一言、二言言葉を交わしただけですが」

「やはり、そうか……実はな、ビオラ様がどうしてもお前に会いたいと言っておられる」

ルートは驚いたが、予想はしていた。ティトラ神はどうしても二人を接触させたいらしい。

ただ、その目的までは今は分からなかった。

「そうですか。会いたい理由はおっしゃっていましたか？」

「いや、それは言われなかった。だがな、これはわしの個人的な願いじゃが、ぜひ彼女に会ってやってほしいのじゃ」

「というと？」

エドガーは少し間をおいて、お茶を一口飲むとルートを見つめる。

「今から話すことは、ここにいる三人だけの秘密の話じゃ」

ルートは頷いてから、素早く部屋の周囲に魔力の気配がないか確認した。しかし、ちゃんと結界が張られているらしく、盗み聞きする者はいないようだった。

「今、この国はゆっくりとじゃが衰退（すいたい）しておる。特に農村や漁村の困窮は目に余るものがあってな。このままでは、暮らしが成り立たず、国を出ていくものが増えるのは必然なのじゃ」

ルートが驚いてエレンに視線を向けると、エレンも悲しげな顔で頷いた。

「なぜ、そんなことに？」

「原因はこの国の仕組みがもはや時代遅れで、機能しなくなっていることじゃ。その象徴が、現教皇じゃよ」

ルートはごくりと唾を呑んだ。エドガーは吐き捨てるように言葉を続ける。

「神に代わって国を治めるべき人間が、一日中塔にこもって酒と女に入り浸り、周りの取り巻き連中は、それをいいことに好き勝手に私腹を肥やしておる。これが、今のこの国の現実じゃ」

「よく反乱が起きませんね？」

ルートの問いに、エドガーとエレンは小さくため息を吐いて、自嘲気味に苦笑を浮かべる。

「ああ……幸か不幸か、この国の民衆は熱心な信者が多い。彼らにとって、教皇や枢機卿は絶対的な存在なのじゃ。どんなに貧しく苦しい生活でも、その不満を教皇や枢機卿に向けることはない。いや、これまではなかった。だが、このまま民衆の困窮が続けば、反乱が起きる可能性は十分にある」

エドガーの説明を聞いたものの、ルートは彼の真意が分からない。

「この国の事情はだいたい理解できましたが、なぜ僕にこのことを？」

「うむ、話の本題はここからじゃ。まずはビオラ様が置かれている状況を理解してもらわねばならなかったのでな」

エドガーはそう言うとお茶を一口飲んだ。エレンが、ルートとエドガーのカップに新たなお茶を注ぐ。ルートは礼を言って、その香りのよい紅茶をすすった。

「ビオラ様は、現在この国で最も民衆の信望を集めておられるお方じゃ……」

エドガーは話を続けた。

「民衆はビオラ様がいずれは教皇になられると楽しみにしておる。だがな、わしは『いずれ』では手遅れになると思っておる。『すぐに』でなければならぬのじゃ」

エドガーの声は熱を帯び、その目はさらに鋭く真剣になっていた。

「教皇一派は、ビオラ様を警戒し、暗殺しようと狙っている……」

「なるほど……」

(護衛の依頼を受けたとき、キースさんからなんとなく事情は聞いていたけど、思ったより複雑そうだな……)

ルートは考え込んでしまった。

「この国では、昔から教皇をめぐる血なまぐさい事件が起こっている。公になっていないだけじゃ。わしは、この国のために一日でも早くビオラ様に教皇になってもらいたい。だがな、肝心のビオラ様が、神託がなければ教皇にはならないと頑なでな」

エドガーがため息を吐き、エレンも小さく首を振る。

「そこでじゃ、お前に頼みたいこととは、ビオラ様と親しくなって、お心を変えてもらいたいのじゃ」

「えっ、ちょ、ちょっと待ってください。僕にはそんな重大な任務とても……」

「いやいや、言葉が足りなかったな。なにも教皇になれと説得してもらおうというわけではないのじゃ。わしとしては、彼女の心が少しでも外の世界に開いてくれれば、それでいいと思っておる。どうじゃな、やってくれぬか？」

ルートは、じっと下を向いて考えを巡（めぐ）らせていた。

「まだ、具体的にどうすればいいのか、思いつきませんが、他ならぬエドガーさんの依頼です。お引き受けします」

それを聞いたエドガーとエレンは、顔を見合わせて頷いた。

「そうか、ありがたい。礼を言う」

「ルート君、ありがとう。物事がいい方向に進みそうな予感がするわ」

「あはは……あまり期待はしないでください。それで、会う方法ですが……」

「うむ、それがまず最初の難関でな。ビオラ様の周辺は教皇一派の監視が常にあると考えてよい。本来なら、お前たちにビオラ様の館に行ってもらうところじゃが、教皇一派に余計な警戒や詮索（せんさく）をされる恐れがある……」

「実はポルージャの冒険者ギルドから、内密で依頼を受けているんです。ビオラ様がポルージャに逃げてきたときは、警護をしてくれと……」

「なに？　それは初耳じゃな。誰がギルドに依頼を出したのか……エレン、あとで冒険者ギルドへ行って、確認を取ってくれ」

「承知しました」

「さて、そういうことなら、むしろポルージャへビオラ様を行かせるほうが安全かもしれぬな。隠れ家のようなところはあるか？」

ルートはしばらく下を向いて考えていたが、やがて顔を上げてこう言った。

「そうですね、僕たちが一日中警護にあたればどんな場所でも安全は保障しますが、ずっとは物理的に厳しいですからね……実は、完璧に安全な場所が一か所だけあるんですが、ビオラ様やお付きの人たちがいいと言われるかどうか……」

「ほう、それはどこじゃ？」

「コルテスの街の『毒沼のダンジョン』です」

それを聞いたエドガーとエレンは目を丸くした。

「いや、ちょ、ちょっと待て、なんだって？　ダンジョンだと？」

「ルート君、いくらなんでも、それは……」

「はい、実はですね……」

ルートは二人に、自分がダンジョンマスターになっていることを説明した。

「なんと……お前には呆れて言葉もないわ、全く……」

「でも、大丈夫なの？　魔物とかの危険は本当にないの？」

「はい、その点は心配ありません。ガーディアンのクラウス、ああ、僕が名前をつけたんですが、そいつは魔物の王になれるくらいの強さですし、ダンジョン・コアの分体のジャスミンにクラウスは絶対服従（ふくじゅう）しています。僕が二人に命じれば、ビオラ様たちをもてなすはずですよ」

　エドガーとエレンは思わず笑いだしてしまう。

「あはは……そんな凶悪な魔物にもてなされるビオラ様の困惑したお顔が目に浮かぶな。ともあれ、確かにそこなら外部から刺客が入り込むことは困難だろうな」

「はい、僕があらかじめクラウスたちに、絶対に最深部へたどり着けないように道を塞がせます。そのうえで《転移魔法》を使って移動すれば、万が一にも危険はありません」

「よし、ではそこに決めよう。ビオラ様にはわしから伝えておく。お前はダンジョン内の準備を頼む」

　エレンからルートと会う場所を聞かされたビオラは、流石に最初は驚いたが、説明を聞くうちに、好奇心が湧いてきた。
「分かりました。では、コルテスの街への布教活動という名目で出かけることにします。出発は三日後の朝とお伝えください」

「はい、承知しました。なお、ポルージャの街からは『魔導式蒸気自動馬車』に乗り換えていただきます。『時の旅人』という腕利きの冒険者パーティが護衛に就きますので、お付きの方たちへその旨をご連絡ください」

「はい、分かりました」

ビオラの声色はなにやら楽しげだった。

◇◇◇

「なに？　神官長がコルテスの街への布教だと？」

財務担当のオーフェン卿は報告に首をひねった。

「なぜ、コルテスなんだ？」

「使いの者の話では、なんでもコルテスは今景気がよくて、人が周辺から多く集まってきているそうです。それで、治安も少々悪くなっており、当地の教会の司祭から、神官長に来訪いただき人々にお話をしていただけないか、と依頼が来たそうです」

「ふむ……まあ、いいだろう。それで、行程は何日の予定だね？」

「十日です」

「分かった。一日二十万ベニーの予算で計上しておいてくれたまえ」

侍者が去ったあと、オーフェン卿はにやりとほくそ笑んだ。

「コルテスまでは馬車で三日というところか。これは絶好のチャンスだな、ふふふ……」

エレンから話を聞いてから三日後。

ビオラは万全の準備をすませて、護衛の神官兵八名、身の回りの世話をする侍女二名という最低限の人員で出発した。

一行が館を出て大通りを馬車で走り始めてから数分後、一羽の鳩が近くの建物の屋上から飛び立っていった。

一方、その日神官長一行が一泊するボーゲルの街では、商業ギルドのギルドマスターの部屋に数人が集まって、極秘の会議が行われていた。

出席者は、商業ギルドマスターのエドガー、冒険者ギルドマスターのルイド・カークス、そして、ルート、ジーク、リーナの五人である。

「宿の警護は我々に任せてほしい。腕利きの冒険者たちに声をかけてある」

ルイドが強く主張した。

「分かりました。じゃあ、僕たちは街の中を巡回して見張ることにします」

「うむ、今夜の警備はそれでいいとして、わしの予想では刺客が襲うとすれば、ポルージャからコルテスまでの道中ではないかと考えておる。盗賊の振りをして襲う可能性が高い」

エドガーの言葉にルイドもルートたちも頷いた。

「そうだな。宿屋は警備が厳重だし、犯人が逃げるのも難しいからな」

「そうですね。まあ、宿屋ごと魔法で吹き飛ばす、という方法もありますが、確実なのはやはり外で襲う方法でしょう」

ルートの言葉に、エドガーもルイドも驚いて彼を見た。

「宿屋ごと吹き飛ばすだと？　そんな上級魔法の使い手はこの国にはおらぬじゃろう」

「ああ、神官魔導士たちの中にもそれほどの使い手は……いや、待て、あの男ならもしかすると……」

「誰じゃ？」

ルイドは顎に手をやりながら、じっとテーブルを見つめたまま口を開いた。

「近衛神官兵長、スタイン・ホレスト……幼くして天才魔導士と讃えられ、十八歳で近衛神官兵長に抜擢(ばってき)された男だ」

エドガーもはっとした表情で頷いた。

「おお、忘れておった。今は三十代半ばくらいか。確かにあの男ならやれるかもしれぬ」

「だが、やつが出てくるのは最後の手段だろう。今回はそこまで心配しなくてもいいと思うが」

ルイドはそう言ったあと、ルートに目を向けた。

「もし、やつが出てきた場合、ビオラ様を守る手段はあるか？」

ルートはその問いにすぐに頷いて答える。

「はい、問題ありません。僕が宿屋全体に《防御結界》を張っておきますよ。それに、それほどの魔力の持ち主なら、ここにいるリーナがすぐに気づきます。魔法を使う前に、彼女がその人の首を落としてくれるでしょう」

エドガーはもう慣れっこで驚かなかったが、ルイドは呆気にとられて口をポカンと開いたまま声も出せずにいた。

「あははは……ルイドよ、これがルート・ブロワーじゃよ」

「いや、エドガーさんに聞いてはいたが、すさまじいな。恐ろしいと言うべきか。お前たち三人で、一国を落とせるのではないか？」

「あはは……それは無理でしょう。でも、どうしても戦わなければならなくなったら、国が相手でもためらいはしませんよ」

「ん、私も一緒に戦う」

「俺は、そんな馬鹿な戦いには参加しないぜ。こっそり後ろから、総大将(そうだいしょう)を殺すか、人質(ひとじち)にして戦いを終わらせるよ」

ジークの言葉に全員が笑い声を上げる。

そのあと、一同はコルテスまでの護衛のやり方を話し合った。

「よし、では手筈(てはず)どおり、それぞれの持ち場でしっかり頼む」

エドガーの言葉に全員が頷いて、会議は終わった。

「あとは向こうの出方を待つだけだな」

宿に帰る道すがら、ルートたちは周囲の様子を注意深く探った。

今のところ、ボーゲルの西門を出たところに怪しい人間がいるのをリーナが感知したくらいだ。

「まあ、夜のうちになにか仕掛けてくる確率は高いだろうね。今夜は寝ずの番になるから、早く宿に行ってひと眠りしようか」

「ん、途中で屋台の肉串買っていく」

「じゃあ、俺は酒だな」

三人にさほど緊張感はなさそうだった。

◇　◇　◇

「では、神官長様。どうぞごゆるりとお休みください」

「ええ、そうします。ご苦労様」

ビオラたち一行は無事にボーゲルの街に到着し、宿で落ち着いていた。

護衛の神官兵長が部屋を出ていくと、ビオラは小さなため息を吐いて、カーテンに閉ざされた窓に目をやる。外から見て誰の部屋か分からないように、一行の部屋のカーテンは全て閉じられている。毎度のことだが、気が滅入る。

しかし、今回は少し気持ちが違っていた。

（主は、その人が私を教え導き、行く道を示してくれるとおっしゃった。顔合わせをするのは、ポルージャの街に着いてからと聞いているけれど、あの少年がそうなら、もうすぐ会える。ああ、どうかあの少年でありますように……）

ビオラの胸は高鳴る。

ベッドに身を横たえてからもあれこれと考え、いつの間にか安らかな眠りについていた。

一方その頃、ルートたちは夜の街を移動しながら、怪しい人影はないか見回りをしていた。

「うう、今夜は冷え込むなぁ。そう言えば、あと二週間ほどでクリスマスだな」

「ん、クリスマス。楽しみ」

「うん、今年こそは、ジークにはあったかいローブをプレゼントするよ」

「いや、いらねえって。この格好でなきゃ、俺でなくなるんだよ」

そんな話をしながらも、三人は油断なくあたりに神経を配っていたが、怪しい人物や魔力の気配は今のところ感じられなかった。

やはり、道中でビオラを狙おうとしているのか、あるいは、そもそも今回は襲撃（しゅうげき）するつもりはないのか。

ルートが考えを巡らせていると、リーナがなにかを感じて身構える。

「上、たぶん屋根を伝って移動している」

「追えるか？」

ジークの言葉に、リーナはしっかりと頷いた。

「じゃあ、追ってくれ。僕たちはビオラ様の宿の前まで行く。そこで落ち合おう」

「ん、分かった」

リーナは頷くと、一瞬のうちに走り去っていった。

ルートとジークは宿屋に向かって走り出す。

リーナが感知した人物は、教皇の命令で動く近衛神官兵部隊の中でも、諜報や暗殺を専門とする通称『闇の狼』のメンバーの一人だった。

その人物は出発時からビオラ一行を追尾し、その動きを伝書鳩を使って仲間に連絡していたのだ。

彼か彼女かはまだ分からないが、刺客も《魔力感知》のスキルを持っていた。

しかし、リーナより感知の範囲は狭く、自分が感知され尾行されていることには気づかない。

リーナは、対象が宿屋の向かいの建物の屋根に伏せるのを確認してから、気づかれないように下へ下りる。

ちょうど、ルートたちが路地の角を曲がってこちらに来ようとしていたので、リーナは手で屋根の上を指し、離れるように合図した。

通りに出たところで、三人は相談を始めた。

「屋根の上から宿を見張ってる。どうする？」

「今のところ一人だよな。おそらく、そいつは連絡要員だろうな。なにかをやらかすことはないと思うぜ」

リーナの問いに、ジークが答える。

「うん……じゃあ、リーナは引き続き気づかれないようにそいつを見張ってくれ。僕とジークは一つ向こうの路地を出たところで待機する。なにか変な動きがあったら、知らせるか、場合によっては攻撃してもいいよ。その判断は君に任せる」

「ん、分かった」

三人は打ち合わせをすませると、行動を開始した。

その後、緊張した時間が続いたが、何事もなく無事に夜明けを迎えられた。

ルートとジークは交代で仮眠を取ったものの、リーナは連絡要員から三十メートルほど離れた建物の煙突の陰に身を潜めて、ずっと見張り続けていた。

その連絡要員が動いたのは、ビオラ一行が朝食をすませたあと、出発の準備を始めたときだった。

彼は座った状態で片手を空に向かって上げた。

すると、離れた建物の屋根から一羽の鳩が飛んできて手に止まったのだ。そしてメモのようなものを鳩の足環につけて放した。その後、連絡要員は身軽に屋根の上を走って去っていく。

リーナはそれを見届けると、ルートたちのもとへ向かった。

「そうか、ご苦労さん。眠ってないだろう？　馬車の中でずっと寝てていいからね」

「ん、大丈夫、慣れてるから。それに、油断はできない」

「うん、そうだね。じゃあ、なにか食べ物を買って、ひと足先に出発しようか」

ルートはリーナを気にかけつつ、三人は朝の光の中を歩き出す。

◇　◇　◇

ルートたちはボーゲルからポルージャまでの道のりで、あえて普通の馬車を使った。怪しまれないためと、周囲の状況をゆっくり観察するためである。

「どうだい、リーナ？」

「ん……特に怪しい気配はなかった」

「やっぱり、コルテスまでの道中で準備しているんじゃないか？」

ジークの言葉に、ルートもリーナも頷く。

ビオラ一行がポルージャに着いたのは、昼すぎだった。

前回彼女がポルージャを訪れたときは、ロベル・ポルージャ子爵の使いが出迎え、子爵の館に二泊したのだが、今回は休憩で立ち寄るだけなので子爵へは連絡をしていなかった。

ところが、着いてみると、門を入ったところにポルージャ子爵と冒険者ギルドのマスター、キースが、領兵の一団とともに一行を出迎え、彼女を驚かせたのだった。

「まあ、驚きましたわ。ルートという少年は、ずいぶん有名人なのですね。領主様やギルドマスターまで動かすなんて」

冒険者ギルドのギルドマスター室でもてなしを受ける中で、ビオラはいきさつを聞かされて驚きの声を上げた。聞けば、ルートは子爵やキースにもこの件を伝え、万全の警備態勢で彼女を迎えるよう頼んだという。

「ああ、まあ、冒険者としては近隣まで名を轟かせていますが……街の者たちは、ほとんど知らないと思います」

キースが苦笑しながらそう言うと、ポルージャ子爵がそれを受けて言う。

「冒険者パーティ『時の旅人』や『タイムズ商会』の名前を知らない者はいないが、そのリーダーであり商会の代表である少年のことは皆知らないということです」

「……？　いったい、どういうことですの？」

「彼は、極力自分が表に出て目立つことを避けているんです。たぶん、性格もあるのでしょうが、私は違う風に考えています」

子爵はビオラの疑問について、自分の考えを述べた。

「彼が持っている力を本気で振るえば、世界を変えてしまう。彼は、できるだけそんな事態にならないように、実に用心深く生きている。私はそう思っています」

子爵の言葉に、キースも真面目な顔で何度も頷いた。

ビオラは思わずごくりと唾を呑んだ。

あの少年が、そんな恐ろしい力を持っているなど、到底信じられなかった。

「そ、それで、今、彼はどこに？」

「ああ、あいつなら、仲間と一緒に周辺の警備をしていますよ。コルテスまで、あいつらのパーティに警備をさせればなんの心配もありません」

「先ほどは少し怖がらせましたが、普通に付き合う分には全く怖がる必要はありませんし、実に面白く、興味深い少年です」

その後も子爵たちと話しながら、ビオラ一行は城門のそばの衛兵詰所で二時間近く休憩を取った。

「では、旅のご無事を祈っております」

「ありがとうございます。あなた方とこの街に神のご加護がありますように」

「おっ、来ましたよ」

門の近くで、別れのあいさつを交わしていたビオラと子爵たちのところへ、蒸気のシュッ、シュッ、シュッ……という音が近づいてくる。

「まあ、あれが『魔導式蒸気自動馬車』……」

ビオラは目を輝かせて、近づいてくる二台の乗り物を見つめた。

やがて、それらは一行の前で止まり、シューッと蒸気を噴き出した。

そして、前の馬車から、一人の少年と銀色の髪の美しい少女が降りてくる。

二人はまず子爵たちに一礼したあと、ビオラの前に歩いてきた。

「初めまして、じゃなくて、お久しぶりと言ったほうがいいですね。以前、ポルージャの教会の近くでお会いしました。ルート・ブロワーです。こっちは、リーナ。それと、運転席にいるのがジークです。僕たち『時の旅人』が、コルテスの街まで護衛の任にあたらせていただきます。どうぞ、よろしくお願いします」

ビオラは、澱みない口調であいさつをする少年をまじまじと見つめていた。間違いなく、あのとき言葉を交わした少年だった。ビオラはにっこりと微笑む。

「ビオラ・クラインです。あのときのことは鮮明に覚えています。またお会いできて、とても嬉しいですわ。どうぞ、よろしくお願いします」

「では、早速出発いたしましょう。どうぞ、こちらからお乗りください。リーナ、手を貸してあげて」

「いや、待て。平民がむやみに神官長様に触れるな」

リーナが案内しようとすると、神官兵の一人がそう言ってリーナを押しのけ、自らが馬車に上がってから、ビオラに手を伸ばした。

「さあ、どうぞ神官長様」

リーナはむっとして、なにか言いかけたが、ルートはとっさに彼女の腕を引いて小さく首を振っ

た。この世界では、確かにそれが当然の反応だと思ったからだ。なにしろ、ビオラは王国で言うなら王妃か王女の地位にあたる人物なのだ。

「ごめん、リーナ。僕のミスだ。我慢して」

ルートは、リーナの耳元で小さな声で謝った。

ところが、次のビオラの言葉にルートは驚かされることになる。

「シュナーベル、なんて失礼な。彼女に謝りなさい。それでも兵を率いる神官兵長ですか」

その言葉には神官兵長も驚いたようで、ぽかんとした顔で周囲を見回す。

「い、いや、神官長様、その者は平民で、しかも……」

たぶん『獣人だ』と言おうとしたのだろう。だが、彼の言葉が終わらないうちに、ビオラは厳しい口調で言った。

「主はいかなる人間も分け隔てなさいません。あなたは主に使える身でありながら、そのようなことも分からないのですか？」

ビオラはそう言うと、リーナに向き直って頭を下げた。

「どうか無礼をお許しください」

「あ、い、いえ、大丈夫です」

「ありがとう。じゃあ、行きましょうか」

ビオラはにっこり微笑むと、リーナの手を取って馬車に乗り込んだ。

「おい、くれぐれも無用なトラブルだけは起こさないでくれよ。頼むぞ」

ポルージャ子爵が、冷や汗をかきながらルートのそばに来て囁く。

「分かりました。頑張ります」

ルートは親指を立ててにっこり微笑むと、二人のあとから馬車に乗り込んだ。

「じゃあ、出発するぜ」

ジークの声とともに、二台の『魔導式蒸気自動馬車』は、心配そうな子爵とギルマスが見守る中、力強い音を立てながら走り出す。

◇◇◇

教皇とオーフェン卿の予想では、ビオラ一行はボーゲルとポルージャでそれぞれ一泊し、コルテスへ向かうはずだった。

ところが、実際には一行はポルージャで少し休憩を取ったあと、すぐにコルテスに向けて出発した。ビオラ一行が出発した直後、このことは例の連絡要員から伝書鳩で襲撃部隊に知らされた。

襲撃部隊はまだ一日あるとのんびり構えていたのだが、連絡を受けてあわてて準備を始めたのだった。

◇　◇　◇

「これは、とても快適ですね。揺れも少ないし、広くて、それに速くて……素晴らしいですわ」

前を行く『魔導式蒸気自動馬車』の中では、ビオラが子供のようにはしゃいで、窓の外を見ていた。

「ビオラ様、あまり窓には近づかないようになさってください」

側仕えの侍女や護衛の神官兵たちは、気が気ではない様子だった。

後ろからついてくるのは、道路工事用に作られた運搬用の『トラック型魔導式蒸気自動馬車』だ。荷台には残りの神官兵たちが乗り、運転は若い御者が務めている。

「ええっと、ビオラ様。万が一のため、ビオラ様と皆さまに《防御魔法》をかけておきたいのですが、よろしいですか？」

ポルージャの街を出てしばらくしてから、ルートはそう申し出た。

「《防御魔法》だと？　それは《プロテクト・シールド》のことか？　そんな特殊な魔法をお前のような子供が……しかも、《プロテクト・シールド》は一方向からの攻撃しか防げないし、短時間で効果は消えるだろう。なんの役にも立たん」

シュナーベルが、馬鹿にするようにそう言う。

「ああ、そんな魔法もあるんですね。僕のは違いますよ。説明するより試してもらったほうが早いです。僕が自分に魔法をかけますから、あなたは剣で僕を切ってみてください」

ルートは呆気にとられたシュナーベルを尻目に立ち上がると、左手で支柱を握って体を支え、右手を自分の頭の上にかざした。

薄緑色の光が、ぼおっと一瞬ルートの全身を包む。

「はい、いいですよ。体のどこでも剣で切ってみてください。ああ、ただし、あんまり力を入れすぎると、反動で剣が吹き飛ぶかもしれませんので、ほどほどでお願いします」

「あんまりいい気にならないほうが身のためだぞ」

シュナーベルは怒りに震えて、剣を引き抜いた。

「シュナーベル。言われたとおりに、軽くやりなさい」

「はっ、分かっております」

シュナーベルは小さく頷くと、立ち上がって剣を抜いた。揺れるので、ルートと同じように左手で支柱の鉄棒を握り、右手で両刃(りょうば)のロングソードを握る。

そして、ビオラの命令に反して、ルートの腹部に向けて思い切り剣を突き出した。

ガキンッ！

「うぐっ！」

金属音が響いたあと、ロングソードが床に落ち、右手の手首を痛そうに押さえるシュナーベルの姿があった。

「大丈夫ですか？」

ルートは、だから忠告したのにと思いながら尋ねる。

「な、なんだ、これは……《シールド》で全身を覆っているのか？」

「ええっと、《シールド》ではなく《結界》ですね。僕は《防御結界》と呼んでいます。周囲の魔素を利用していますから、僕が解かない限り効果は永遠に続きます、たぶん」

「な、そ、そんな魔法、聞いたことがない……信じられん」

「う〜ん、信じる信じないは勝手ですが、事実を認めてもらうしかありませんね」

シュナーベルともう一人の神官兵は、驚き言葉を失くし、化け物を見るような目でルートを見つめるばかりだった。

ビオラは改めて、さっき冒険者ギルドで聞いた話を思い出していた。確かに、目の前の少年は、常識では計り知れない力を持っているようだ。

「どうしますか？　《防御結界》をかけますか？」

ルートの問いに、ビオラははっと我に返って、あわてて頷く。

「お、お願いします」

ルートはにっこり微笑むと、ビオラと馬車に乗っている者たちに魔法をかけていった。

それから三十分ほどが経過した。

「そろそろ水を補給するか。あそこの木の下で止まるぞ」

「ああ、そうだね」

ジークの提案にルートも賛成する。

『魔導式蒸気自動馬車』はゆっくりと速度を落として、道から外れ、草原の中に入っていった。

「外の様子を見てきます。ビオラ様たちは中にいてください」

「分かりました」

ルートたちは馬車から降りると、注意深くあたりの気配をうかがった。

「リーナ、どうだい?」

「ん、ちょっと待って……っ！　ルート、いる、向こうの森の中」

リーナの言葉を聞いて、ルートとジークに緊張が走る。しかし、なるべく森のほうは見ないようにして、ルートは背伸びをし、ジークは馬車の点検をする振りをした。

「何人ぐらいか、分かるかい？」

「ええっと……ざっと、二十人くらいだと思う。じっと固まって動かない」

「う～ん……この先に罠でも仕掛けているのかな？」

「ああ、その可能性が高いな。襲うなら、止まっている今がチャンスのはずだ」

ルートはしばらく思案する。

「よし、その罠にわざとかかった振りをするか」

「大丈夫か？」

「分かっているなら利用できると思う。リーナは馬車の裏で気配を消して隠れてくれ。そして僕たちが出発したら、森に入ってやつらの後ろに回り込んでほしい。目的は、ボスを倒して、逃げ出したやつをできれば生け捕りにしてほしい。できるかい？」

「ん、私の得意分野。任せて」

「ジーク、後続車の神官兵さんたちに作戦を知らせて。僕たちが合図するまで我慢するよう言ってきて」

「おう、分かった」

「じゃあ、行こうか」

三人は頷き合って、行動を開始した。

水を補給した二台の馬車が再び走り出す。

しばらく進むと、道がゆるやかに左にカーブした地点に差しかかった。そのカーブを曲がり切って直線になったとき、前方の道の左脇に傾いて止まっている馬車があった。

「ああ、割とベタだったな」

ジークのつぶやきにルートも苦笑しながら頷く。

「だね。じゃあ、ビオラ様たちは絶対外に出ないようにしてください」

「わ、分かりました。どうかお気をつけて。主のご加護があらんことを」

止まっている馬車から二十メートルほど離れたところに、『魔導式蒸気自動馬車』を止めて、ルートたちは外に出た。

傾いた馬車のそばに立っていた商人風の三十代後半くらいの男が、手を振りながら近づいてくる。

「やあ、こんにちは。すまんが、手を貸してくれないか。車輪が外れてしまってな」

「ああ、それはお困りですね。いいですよ」

ルートは後続車の兵たちに合図した。

当初、『闇の狼』のメンバーは、自分たちは身を潜めて、金で雇った盗賊団に襲撃させ、その隙に馬車を奇襲し神官長を殺害。あとは盗賊団に任せ、自分たちは姿をくらますという筋書きを立てていた。

しかし、一日予定が早まったために、雇っていた盗賊団の到着が間に合わなかったのだ。それで、しかたなく自分たちで罠を仕掛けた。

「ん？　おい、待て。お前の顔、どこかで見た覚えがあるぞ」

近づいていった神官兵の一人が、商人を装った男にそう言う。

「あ、あはは……ご、ご冗談を、私はコルテスの商人で……一人でこんなところで立往生してしまって困っているんですよ」

「ええっと、人手なら十分足りているようですが？」

ルートが馬車の荷台を指さして言う。

「何人もいらっしゃいますよね？　その幌の陰に」

「ちっ、こざかしい小僧め」

商人を装った男は、ここまでと見限って、手をさっと上げた。

その瞬間、林のほうから矢と火の玉が同時に飛んでくる。

「ぐわっ」

神官兵の一人が首に矢を受けて倒れ、《ファイヤーボール》がビオラたちの乗っている馬車に直撃した。

それを合図に、傾いた馬車の荷台に隠れていた四人の黒装束の男たちが飛び出し、林の中からも十五、六人の集団が一斉に襲いかかってきた。

「ジーク、馬車を護って」

「一人で大丈夫か？」

ルートはにこりと頷きながら、左右に手を動かして《アイスアロー》や《ストーンバレット》を放ち、前方の集団を近づけない。

「な、馬鹿な、無詠唱だと？」

敵の男は襲いかかる氷の矢や石礫をダガーで払い落しながら驚愕した。

男は鋭い目でルートを睨みつけると、風のように走り出した。《加速》のスキルを持っていたのだ。ルートはそれに気づいて魔法を放とうとしたが、一瞬遅かった。

ガキン！

男がルートの脇を走り抜けたとき、金属音が響き渡った。

「っ！　そ、そんな、馬鹿な……」

男は振り返って、目を見開く。

確かに少年の首にダガーの一撃が入ったはずだが、無傷で素早くメタルスタッフをこちらに向けていたのだ。

メタルスタッフから放たれた氷の矢が顔に近づいてきて眉間に突き刺さる。男はゆっくりと地面に倒れていった。

馬車に隠れていた敵は残り二人となり、分が悪いと思ったのか、ルートの横を走り抜けて、馬車を襲っている仲間たちのところへ合流する。

馬車の周りでは、ジークが前で盾役となり、神官兵たちが四方八方から襲いかかってくる敵に苦戦している。しかし、敵はなぜか《ファイヤーボール》が直撃しても燃えず、剣でも傷一つつかない馬車に苛立(いらだ)っていた。ルートが前もって馬車全体に《防御結界》を張っていたおかげだ。

馬車の中には怯えたビオラの姿が見えているのに、どうしても近づけない。

ルートは彼らに背後から近づき、《収納魔法》で全員閉じ込めようかとも考えたが、あまり派手にやるのも後々面倒だと思い、《土魔法》を使うことにした。

「《アースホール》ッ」

「うわあっ」

「《アースホール》、《アースホール》ッ……」

「ああああっ」

ルートは敵の足下に次々に穴を開け、落としていく。

もはやこれまでと悟った残りの黒装束の男たちは、林のほうへさっと身をひるがえして駆け出した。しかし、風を巻き起こして突っ込んできた何者かに、声を出す暇もなく次々に首を切られ、心臓を一突きされて倒れていった。

「ごめん、遅くなった」

リーナが血の滴るダガーを両手に下げて現れる。

「ヒュ～、ますます速くなったな。目で追えなかったぜ」

「ご苦労さん。それで、ボスは？」

ルートの言葉に、リーナは悔しげに唇を噛んでから、こう答えた。

「ごめん、しくじった。捕まえたんだけど、舌を噛んで、死んだ」

ルートはそれを聞くと、はっとしてあわてて落とし穴に捕えた刺客たちを見にいく。

穴の近くにいた神官兵たちが確認し、次々に首を横に振った。刺客たちは、全員武器で自害していたのである。

馬車の扉が開いて、ビオラと神官兵長のシュナーベル、副官の男が降りてきた。

ルートは最初に矢を受けて倒れた兵士のもとへ行き、様子を見ていたが、落胆したように立ち上がる。

「すみません、矢に毒が塗ってあったようで即死でした。犠牲者を出さないつもりでしたが、僕の注意が足りませんでした」

「そのとおりだ。だいたい……」

ビオラはさっと手でシュナーベルを制してから、ルートとジーク、リーナを見回し、深々と頭を下げた。

「危ないところを助けていただき、ありがとうございます。謝る必要など全くありませんわ。素晴らしい戦いぶりでした。ねえ、シュナーベル。あなたもそう思うでしょう？　ちゃんとお礼を言ってくださいな」

シュナーベルはしかたなく頭を下げた。

「まあ、犠牲が少なかったことは幸いだった。部下を手助けしてくれたことに、礼を言う」

「犠牲になられた方には、心から哀悼（あいとう）の意を申し上げます」

ルートはそう言うと、下から土を盛り上げて穴を塞ぎながら、自害した刺客たちを外に出していった。

「すごい……こんな魔法の使い手、今まで見たことがありません」

ビオラは無詠唱で魔法を操（あやつ）る少年に驚愕しながらつぶやいた。

「ん、ルートは天才。神の子」

「神の子……」

リーナの自慢げなつぶやきを聞いて、ビオラはなにか胸にストンと落ちるものがあった。

その横では、シュナーベルが苦々しい顔でルートを見つめている。

初めの計画では、ビオラ一行はコルテスに着いたあと、いったん街の中に入り、領主の館や教会を訪問する予定だった。

しかし、襲撃が起こったからには、コルテスの街も安全とは言い難い。一刻も早く、彼女の身を安全な場所に移す必要がある。

そこで話し合った結果、直接『毒沼のダンジョン』に向かうことになった。

シュナーベルはダンジョンの危険がないか確認してから移動すべきだと反対したが、ビオラの決定には従わざるを得なかったのだった。

◇◇◇

一台の『魔導式蒸気自動馬車』が白い湯気を吐き出しながら、森の中の道を走っていく。
もう一台の『トラック型魔導式蒸気自動馬車』は、刺客たちの遺体を乗せ、二人の神官兵が同行してハウネスト聖教国へ帰っていった。
襲撃事件のことは、ビオラが帰るまでハウネスト聖教国では伏せられることになった。

森の外れに高い岩壁(がんぺき)が見えてくる。

鉄製の立派な門が立ち、その脇の詰所から三人の衛兵と五人の冒険者風の男たちが武装して出てきた。冒険者ギルドのマスター、ゲインズが派遣してくれた守備隊である。

馬車を止めて、まずルートたちが降りて彼らのもとへ歩いていった。

「ご苦労様です。『時の旅人』のルート・ブロワーです」

「どうも、ご苦労様です。ここの守備隊のリーダーのトーリです。ずいぶん早いお着きですね。予定では明日の夕方になると聞いていましたが」

「はい、状況が変わりました。途中で襲撃にあったんです。だから、早く安全なダンジョンの中に入っていただこうということになりました」

「そうでしたか。皆さん無事だったんですか？」

「残念ながら、護衛の神官兵の方が一人亡くなられました」

それを聞いた冒険者風の男たちがざわざわし始めた。

「分かりました。とりあえず、ギルドカードを拝見します」

ルートたちはカードを提示して身元を証明すると、『魔導式蒸気自動馬車』に戻って、開かれた門の中へ乗り入れる。

馬車からビオラと侍女、兵士たちが降りてきて、あたりを物珍しそうに見回している。

「では、僕たちは神官長様をダンジョンの中にお連れします。しばらく警備をよろしくお願いします。あとで、今後のことを打ち合わせましょう」

「分かりました。お気をつけて」

ルートはトーリと別れ、ビオラ一行のもとへ歩いていった。

（うん、やっぱり気になるな。悪いけど念のため調べさせてもらおう）

ルートはゆっくり近づきながら、素早く神官兵たちを《解析》した。

護衛の兵士の中に、敵の息がかかった者がいれば、ビオラの命は風前の灯火だからである。

その結果……やはり、はっきりと黒とは断定できないものの、怪しい人物が紛れ込んでいた。それは、副官のセイン・ケストナーだった。

彼の解析結果の最後の部分には、こういう記述があったのだ。

《セイン・ケストナー》
※青果販売を営む実家が資金繰りに悩み、破産の危機に陥っている。そのため、密かにオーフェン卿に融資を懇願しにいった。オーフェン卿は融資する代わりに、自分からの指令があったら実行するように約束させている。

彼のビオラに対する忠誠心は本物だが、このような事情を抱えていては、とても彼女の身近には置いておけない。

ちなみに、シュナーベルの解析結果の最後の部分にも、ルートを唸らせる記述があった。

《ハンス・シュナーベル》

※ビオラを熱愛している。叶わぬ恋と自覚はしているが、彼女に悪い男が近づかないように努力している。

やたらと自分に対してあたりが強かったのはこのせいか、とルートは苦々しい表情を浮かべる。

ビオラがルートに並々ならぬ興味と好意を抱いていることを感じ、激しい嫉妬に苛まれていたのだ。

(いやあ、やめてくれ。冗談じゃないよ。そんなとばっちり、まっぴらごめんだ)

ルートは悲しげなため息を吐いたあと、気持ちを切り替えてビオラたちに近づく。

「では、行きましょうか。少し歩いてもらいます」

「本当に魔物は出ないんだろうな?」

「大丈夫です。もし、出たとしても、僕たちで責任をもって討伐します」

ルートはそう言うと、リーナ、ジークのあとについて洞窟の中に入っていった。

「まあ、割と明るいんですね。洞窟だから真っ暗だと思っていました」

「ええ。理屈はよく分からないんですが……」

ビオラとルートが話していると、先頭のリーナが立ち止まった。

「ルート、転移魔法陣の部屋に着いた」

「ああ、分かった。じゃあ、ここから最深部まで転移魔法陣を使って移動します」

ルートはそう言うと、目を閉じて意識を集中する。

「ジャスミン、出てきてくれ」

声が洞窟に反響し、一行の目の前の地面から紫色の光が立ち上り、黒い模様(もよう)の魔法陣が浮かび上がる。やがて、その魔法陣の中心に黒髪の美しい少女が姿を現した。

目の前に露出が多めの服装をした少女が現れると、ビオラ一行は驚きとともに、羞恥(しゅうち)に思わず顔を赤らめた。

「な、なんといかがわしい格好を……」

シュナーベルはそう吐き捨てるように言いながらも、他の兵士たちと同じように目を丸くして、ジャスミンから目を離せない。

「ジャスミン、変わりはないかい？」

「お待ちしておりました、マスター様。はい、ダンジョンが三階層ほど増えた以外に変わりはございません」

「また三階層増えたのか。相変わらず、すごいペースだな。ああ、紹介するよ。あちらがこれから数日間ここに滞在する神官長様とそのお連れの方たちだ」

ジャスミンは頷くと、驚くビオラ一行の前に歩いていって、優雅に腰を折った。

「お目にかかれて光栄です。ダンジョン・コアの分体、ジャスミンと申します。精いっぱいおもてなしをさせていただきます。よろしくお願いいたします」

「あ、はい、ビオラです。どうぞ、よろしくお願いします。ああ、なんと言ったらいいのでしょう。夢を見ているようですわ」

ビオラもそれ以外の人々も、ただただ驚き、息を呑むばかりだった。

その後、一行は転移魔法陣で地下二十三階の最深部に到着した。

全体が光る石で囲まれた空間は、厳かな神殿を思わせる。

中央の高い祭壇には、紫色の光を放つ魔石が置かれ、初めてルートたちが最深部を訪れたときと同じだったが、大きく変わった点が一つあった。

それは、片隅に木材を使って作られた住居スペースができたことだ。

ビオラを迎えるために、ルートが頼んで、ジャスミンとクラウスが協力して作り上げた渾身の空間だった。

「まあ……なんて素晴らしい……」

ビオラは何度もため息を吐いてあたりを見回している。他の者たちも、圧倒されて口を開いたまま、洞窟を観察している。

「うん、完璧だよ」

ルートは新しくできたスペースに入って、感嘆の声を上げる。

「お褒めにあずかり光栄です。トイレと浴室、台所がやや難しかったのですが、マスター様の魔法を参考にして解決しました」

「あはは……そうか、流石だな。《収納魔法》と《水魔法》か？」

「はい、そのとおりです。それと、匂いを吸い込ませる《風魔法》でございます」

「うん、ありがとう。これなら、僕も住んでみたいよ」

ルートはそう言って、ジャスミンの頭を優しく撫でた。

ジャスミンは褐色の肌を赤くして、嬉しそうに微笑む。

「さて、問題はクラウスをどうやって紹介するかだな……どこに隠れているんだい？」

「はい、マスター様に言われたとおり、呼ばれるまで上の階におります」

ルートは頷いてから、ジャスミンとともに住居スペースを出る。

外ではビオラたちが、リーナとジークを囲んで質問攻めにしていた。

「あ、ルート。おい、助けてくれよ。俺たちじゃ答えられない質問ばかりなんだ」

ジークの悲鳴に笑いながら、ルートはビオラ一行の前に歩いていく。

「皆さん、お待たせしました。ここがこれからしばらくの間、ビオラ様に隠れ住んでいただくダンジョンの最深部です。あちらに、住居がありますので、あとでご覧ください。ええっと、実はこのダンジョンやあの住居をジャスミンと一緒に作ってくれた者がいまして、名前をクラウスと言います。彼は、このダンジョンを守るガーディアンとして、僕が召喚したんです。今から紹介したいと思いますが、お願いがありまして……」

ルートは、少しためらったあと、思い切って言葉を続けた。

「彼の見た目は少々怖いのですが、どうか怖がらないでいただきたいのです。あの、とてもいいやつなので、その……」

「大丈夫ですわ。こんな素敵な場所を用意していただいたのです。見た目でどうこう言うはずがありません。早くご紹介してくださいませ」

ビオラは自分の連れを振り返りながら、そう言った。侍女や神官兵たちもおずおずと頷いた。

「分かりました。では、呼びます。クラウス、出てきてくれ」

ルートの声とともに一行の前に、ジャスミンのときの魔法陣の倍はあろうかという、大きな黒い魔法陣が現れた。そして、光を放つその丸い円の中心に、巨大な黒い影が徐々に姿を現していく。

「ひっ！」という小さな叫び声が上がり、まず腰を抜かしたのは侍女だ。そして、後ろの神官兵たちもガクガクと膝を震わせて、床にへたり込んだ。

ビオラとシュナーベルは、なんとか立っていたが、その顔には驚愕と恐怖が混ざり合った表情が浮かんでいる。

ルートが苦笑しながらクラウスを見ると、クラウスも困ったように頭に手をやっている。

「マスター、やはり我は隠れていたほうがよかったのでは？」

その問いに首を横に振って、ルートは小さな声で答えた。

「いや、お前が気にすることはないよ。人間に限らず、生き物は初めて見る相手には、警戒したり、怖がったりするものさ。慣れれば、どうってことないんだ」

そして、続けてビオラたちに向かって言う。

「皆さん、紹介します。ガーディアンのクラウスです。彼がいれば、ここは一〇〇パーセント安全な場所です」

それに対して、ビオラが気丈(きじょう)にも前に一歩出て頭を下げた。

「は、初めまして、クラウスさん。ビオラと言います。よろしくお願いします」

「あ、どうも……お望みがあれば、なんなりとこのクラウスにお命じくださいますよう」

頭にやっていた手を胸の前に持ってきて、軽く頭を下げ、クラウスは見事にあいさつをした。

「まあ、なんて紳士的な……ふふ……はい、よろしくお願いしますね」

ビオラはすぐにクラウスへの偏見を改め、好意を持ったようだった。

「じゃあ、いったん僕たちは外へ出ます。ビオラさんと侍女の方は、住居の中を見ながら、ジャスミンに使い方を聞いてください」

「はい、承知しました。夕食はご一緒できますわよね？」

「ああ、そうですね。じゃあ、夕食は皆でこの洞窟内で食べることにしましょう。では、後ほど。シュナーベルさん、行きましょうか」

「ビオラ様、本当によろしいのですか？」

シュナーベルはルートの言葉を無視し、ここに残りたい様子で、ビオラに尋ねる。

「なにがですか？」

「つまり、その……あんな、得体の知れない化け物たちと一緒にいては、危険が……」

ビオラは彼の言葉が終わらないうちに、厳しい目で見つめながら言った。

「シュナーベル、何度言ったら分かるのです。外見で人を判断してはいけないと。ええ、あなたの言いたいことは分かります。確かに彼らは人間ではありません。でも、大事なのは見た目ではなく、中身です。私は、ルートさんを信頼しています。そして、そんな彼が信頼しているジャスミンさんとクラウスさんなら、同じように信頼できます」

「おお」

リーナが感嘆の声を上げて、思わず手を叩いた。

「く……分かりました。では、外で待機いたします。おい、行くぞ」

シュナーベルは、悔しさを噛み殺してそう言うと、部下たちを促した。

「おい、なにをしている。早くあの女に《転移魔法》を使わせろ」

「ああ、はい……では、またあとで。ジャスミン、頼む」

ルートは苦笑しながら、シュナーベルにぺこりと頭を下げる。そして、ジャスミンの転移魔法陣で神官兵たちと一緒にダンジョンの一階へ戻っていった。

◇　◇　◇

バウウェルの大神殿の周囲には、役所に相当するいくつかの建物と、神官長や枢機卿が滞在するときに使う屋敷、神官兵たちの訓練場と兵舎、そして四つの大きな門が取り囲んでいる。

これらの門からは、それぞれ四人の枢機卿たちの領都へとつながる広い道が伸びていた。

いざ、大神殿になにかあったときは、枢機卿たちの軍隊が駆けつけることができるよう作られたものだ。今、その門の一つから、一台の馬車が出ていこうとしていた。

その馬車には目深にフードを下ろし、黒いローブを羽織った一人の男が乗っている。

数時間前、彼は教皇に呼ばれて塔の上の教皇の部屋にいた。そこには、もう一人、財務担当のオーフェン卿もいる。

「スタイン・ホレスト。教皇がお呼びと聞いて参上いたしました」

「来たか。まあ、近くへ参れ」

「はい」

近衛神官兵長スタイン・ホレスト。

彼は十歳のとき、教会で『技能降授』の儀式を受けた。そして、その日、前任の近衛神官兵長に声をかけられ、半ば強制的に他の何人かの子供たちとともに『神官兵養成所』に入れられた。

以来、厳しい訓練の中で彼の才能は大きく開花した。そしてそれとともに、彼は近衛部隊に配属され、諜報術、暗殺術を徹底的に仕込まれたのである。

彼は自分が『生きた機械』にすぎないことを刷り込まれ、それが誰にもできない至高の使命であると教えられた。神がその使命を望んでいるのだと。天才魔導士と謳われる彼は、十八歳のときから十五年間、これまでの教皇を身近で守る役目を果たしてきた。現在の教皇クリフで三人目である。

しかし、それは彼の表の顔であり、裏では『闇の狼』を率いる教皇の懐刀でもあるのだ。

「どうなっておる？　いつまで待たせる気だ？」

「はっ……実は連絡要員から先ほど鳩で知らせがありました」

「おお、それで、小娘を殺ったのか？」

「それが……どうやら、失敗したようで……」

「な、なにっ！　失敗しただと？　どういうことだ？」

「まあ、教皇。落ち着いてください。最終的にちゃんと任務を果たすのが、天才スタイン・ホレストです。なあ、そうだろう？」

オーフェン卿が興奮する教皇をなだめてから、スタインに問いかける。

「はい、必ずや」

「どうした？　今日はえらく元気がないな。いつもは自信に満ちているのに珍しい」

オーフェン卿に見透かされたと感じたホレストは、顔を上げて答えた。

「実は、連絡要員が書いてきた内容が、いささか不可解でして……」

「ふむ、不可解とは？」

「書かれていた文面をそのまま申し上げますと、『燃えない馬車あり。異様な強さの魔導士及び見えない暗殺者により、任務失敗す』」

それを聞いた教皇とオーフェン卿は、わけが分からないといった表情で唸る。

「う〜む、確かに不可解だな。だが、いずれにしてもこのままではまずい。なんとしても反逆者たちを全員始末せねばならぬ。スタイン、できるな？」

「……手練れの部下たちが全て倒されたとなると、私自身が手を下すことになります。無論失敗はせぬつもりですが、万が一、私が捕まったり殺されたりするようなことがあれば、暗殺の主犯が教皇様とバレてしまいます」

スタインは脅迫するつもりはなかったが、これまでに積もり積もった鬱憤が思わず漏れ出た。

「ぬ……し、失敗しなければいいだけのことだ。いいな？」

「……はい。最善を尽くすことをお約束いたします」

スタインはそう言うと、一礼して去っていこうとする。

「待て、スタイン」

すると、オーフェン卿が彼を呼び止めた。

「『あれ』を使え」

それを聞いたスタインは、いつもは無表情な顔に愕然とした感情をあらわにした。

「そ、それは……」

「できぬ、とは言うまいな？　そなたは教皇様のためなら、命を賭して任務を果たさねばならぬ。違うか？」

オーフェン卿の言葉に、スタインはじっと下を向いていたが、やがて力のない声で答えた。

「仰せのままに……」

　こうして、スタインは任務を果たすべく馬車に乗り込んだ。

　彼がくぐったのは西の門だ。目的地はコルテスの街である。

　スタインはこれまで、数多くの暗殺に関わってきた。自分を善悪で言えば、当然悪である。

　だが、それが彼に与えられた使命であり、善悪を論じるのは彼にとっては無意味なことだった。

　彼の心に後悔の文字は存在しない。そうした感情は遠い昔に超越（ちょうえつ）した。そう彼は信じていた。

　だが、現教皇になって、次第に仕事に嫌気がさすようになっていた。

　その原因の一つが、神官長ビオラ・クラインである。

　彼は、教皇やオーフェン卿に命じられるまま、何度も彼女を暗殺しようと試みた。しかし、これまでことごとく失敗に終わっている。

　普通なら完璧に成功するはずの計画が、なぜかいつも偶然の邪魔が入り、彼女は危機を脱するのだ。しかも、そんな命の危機にあっても、ビオラは全く死を恐れる様子を見せない。

　スタインはまるで神やビオラから嘲笑（あざわら）われているような気分だった。

そしてもう一つの原因は、他ならぬ教皇とオーフェン卿らの取り巻き連中である。

暗殺は確かに彼の仕事だ。命じられたことを果たせばそれでいい。

そう割り切っても、あんなやつらのために人を殺さねばならないのかという胸糞の悪さは残り、日々溜まっていく。

若い頃の誇りや情熱はなくなり、全く尊敬できない、むしろ軽蔑している主人からの命令だけが、彼の胸に重くのしかかってくる。

そして、今回、彼は最悪の命令を、実行するために出かけていた。

馬車の外の明るい陽光に目を細めて、スタインは深いため息を吐くのだった。

第九章 『毒沼のダンジョン』での楽しい夜

ビオラの『毒沼のダンジョン』での最初の夜は、賑やかに更けていった。

夕食会では、関係者が一堂に会し、侍女とジャスミンが作った豪勢な料理を堪能した。食材は五日前に、ルートたちが一週間分運び込んでいたのだ。

ジャスミンはルートと知識を共有しているので、『から揚げ』や『カツサンド』を手際よく作り、皆を大喜びさせた。

菜食主義を貫いているビオラは残念ながら肉料理は口にしなかったが、ジャスミンが焼いた『キノコと野菜のピザ』を、感激しながら一人で一枚ぺろりと平らげる。

最後のデザートの『カスタードプリン』も大好評だった。

食事が終わると、リーナとジーク、そしてシュナーベルたち神官兵は洞窟の外のキャンプ地に帰っていく。ルートはビオラに話があると引き止められていた。

「マスター様、お茶が入りました」

「ああ、ありがとう」

侍女が食事の後片づけをする傍らで、ジャスミンはお茶の用意をして、ルートとビオラのところに運んでくる。

「それで、お話とはどんなことでしょうか」

二人は住居に入り、ソファに座って向かい合った。

「そうですね。お聞きしたいことはたくさんありますが……まずはあなたについて、もっと詳しく知りたいですわ」

「僕のことですか？　あはは……なにも面白いことはないと思いますが……分かりました、かいつまんでお話しします……」

ルートはそう前置きし、母が奴隷娼婦であること、父は誰か分からずスラム街で育ったこと、母や可愛がってくれた娼婦たちを自由にしてやるため、冒険者となり商会を作って資金を集めていること、などを正直に話した。

転生者であることやティトラ神の特別な加護を受けていることは伏せて話す。

話を聞きながら、ビオラはいつしか涙ぐみ、拳を握りしめていた。

「……そんな幼い頃から、なんて過酷な……ご苦労なさったのですね」

ルートはあわてて手を横に振る。

「い、いいえ。あなたが想像されているほど苦労はしていませんよ。信頼する仲間もできましたし、色々な人から助けてもらいましたから。むしろ、毎日が楽しく充実しています」

「あのとき、初めてお会いしたときは、なにをなさっていましたの？」

「ああ、そうですね、あのときは……」

ルートは、母親と言い争いをして飛び出したいきさつを話して聞かせた。

「そうだったのですね。その後、お母様とは？」

「母は、応援してくれています。母の仲間の人たちも応援してくれてはいますが、ほとんど半信半疑だと思います。それほど、奴隷に落ちるということは救われようがないことなんです」

ビオラは眉間にしわを寄せて、怒りを抑えるようにテーブルに視線を落としていた。

「ビオラさん、お茶が冷めてしまいますよ。あなたの街が産地のお茶です」

「……」

ビオラは口を閉ざし、ますます険しい表情になる。

「ルートさん」

「ルートと呼び捨てにしてください」

「……分かりました。では、ルート。あなたは神をどう思っていますか？」

いきなり難しい質問を浴びせられ、ルートはしばらく手に持ったティーカップを見つめながら考える。

「僕は……」

ルートは顔を上げて、まっすぐにビオラを見つめた。

「……もちろん神を信じています。ただ、そうですね。難しいのですが、信じてはいるけれど、なるべく頼らないようにしたい、と思っています」

「信じているけど……頼らない？」

ルートは実際に神に会っているので、存在を疑う余地はなかった。

ただ、何度か神と話をして、転生のことや地球のことを聞き、彼の中で神の概念が大きく変わったのも事実だ。

まだ、真偽は分からないが、ルートは今、神という存在についての仮説を少しずつ作り上げている。しかし、今、それをビオラに聞かせれば、きっとショックを受け、反発するに違いないと思った。そこで、仮説のあたりさわりのない部分を選んで、そこから徐々に答えることにした。

「ええっと、そのことにお答えする前に、魔素のことをお話しさせてください。この世界で魔素はとても重要な存在です。あらゆる生き物の体内や大地の中、空気中、海の中、つまり全てのもの、全ての場所に存在します。この世界のあらゆるものが魔素で作られていると言っても、過言ではありません……」

ルートはそこで言葉を切って、ビオラの様子をうかがう。

ビオラは神と関係のない話に、不可解な表情を浮かべたが、小さく頷いた。

「ええ、そうですね」

ルートはにこりと微笑んでから続ける。

「そして、魔法は、この魔素を使って自分のイメージを具現化させるものです。つまり、魔素には生き物の思念(しねん)を実体化する力があるということです。ここまではいいですか？」

「魔法をそんな風に考えたことはなかったですが、言われてみればそのとおりだと思います」

ルートは頷いて続けた。

「ここで、『祈り』というものを考えてみましょう。僕たちは、なにかを成し遂げたいときには願いの気持ちを、成し遂げたあとは感謝の気持ちを、『祈り』に込めて神に捧げます。その気持ちが強ければ、強いほど、『祈り』は神に届くと信じられています……」

聡明なビオラは、ここでルートが言おうとしていることに気づいて、あっと小さな声を上げた。

「あっ、えっ、そ、そんなことが……ま、まさか、その『祈り』は具現化して神様のもとへ？」

「はい。僕は具現化というより、『祈り』が神様の力、権威になるのではないかと考えています。もし、この世が何事もなく平和なら、誰も神様には祈らないでしょう。辛いことや悲しいことがあるから、強い『祈り』が生まれます。祈って悲しみから救われれば、強い感謝と『信仰心』が生まれます。それが、神様の力となり、権威を高めていく」

ルートの話の行きつく先を理解して、ビオラは大きな戸惑いと反発を覚えた。

「あなたは、この世から不幸や悪は永遠になくならないと、神がそうしているからだと言いたいのですか？」

ルートはやや間をおいて、頷いた。

「はい、結論から言うとそのとおりです」

「そ、そんなこと……それは主への大変な冒涜ですわ」

ビオラの反発や怒りは、当然の反応だった。

ルートには、まだ今以上の反発を招くであろう推論があったが、今は言わないことにする。

「では、お聞きしますが、ビオラさんはこう思ったことはありませんか。なぜ、神様は悪人を罰せず、罪もなく苦しんでいる人たちを救ってくださらないのかと」

ビオラはぎくりとしたが、自分の信念に従って答えた。

「それは……私たちが知らないだけで、どこかで主は悪人を必ず罰せられ、不幸な人に救いの手を差し伸べてくださっているはずです」

ルートは微笑みながら頷いた。

「ええ、そうなのかもしれません。ただし、それは生きているときとは限らない……」

ルートは、ここで『魂』というものに言及すべきだと思ったが、まだ、彼の中でこの『魂』というものがなんであるか、結論が出ていなかった。

存在するのは確かだが、魔素で作られたものではない。

もしかすると、これこそ神の本体ではないか、と推察しているのだが、もっと検証が必要だ。

今は、ビオラに新しい視点を与えられればそれでいい、とルートは思った。

ルートは、十歳の誕生日に教会でティトラ神と会話したときのことを思い浮かべる。

あのとき、神は『地球は宇宙の中でも特別な存在』と言った。

つまり、魔素が存在しない星だということだ。

このことが、ルートの神への考え方の根幹となっていた。

「僕は、どんなに辛く苦しい状況であっても、神様にすがるだけではだめだと思っています。なぜなら、それは困難や問題を神様に丸投げすることであり、神様が望むことではないと思うからです。自分にできる限りの努力をする者にこそ、神様は手を差し伸べてくださるのではないでしょうか」

ビオラは、目の前の少年に自分の弱さを暴かれ、言い返すことができなかった。

「あなたの言うとおりかもしれません……私はこれまで、主に全てを委ねることこそ最善の道だと信じていました。でも、それは考えてみると、自分が嫌なことや手を汚すことから逃げていただけかもしれません……実は、主は私に、あなたに会うよう神託をくださいました。今、その意味が分かったように思います。どうか、これからも、私を教え導いてください」

「ああ、なるほど、そういうことだったんですね。神官長のあなたを、僕が教え導くなどおこがましいですし、そんな力は持っていません。でも、悩んだときの話し相手くらいにはなれると思います。それでよければ」

「ええ、それで十分ですわ。これからも、どうかよろしくお願いします」

「こちらこそ」

ルートはビオラと別れて、洞窟の外へ出ていった。

外では、詰所のそばで焚火が燃え、大きなテントが立っていた。神官兵と冒険者たちが周囲の警戒にあたり、残りの者たちは焚火を囲んで話をしていた。

ルートは焚火のほうへ近づいていく。

ルートたちが焚火を囲んでいる一方で、見張りのために洞窟の周囲を巡回していたセイン・ケストナーは、一本の大木のそばを通りかかったとき、自分の名を呼ばれて立ち止まった。

「こちらは見るな。指令だ。明日、コルテスの教会に行ったら、トイレで話を聞け。以上だ」

姿の見えない声の主は、それだけ言うと、音もなく消えた。

焚火のそばにいたリーナも気づかない《気配遮断》の使い手、それは連絡要員だった。

次の日、ビオラたち一行は、コルテスの領主にあいさつしてから教会に行く予定だった。
昨日同様、馬車とビオラ、侍女と神官兵に《防御結界》をかけ、万全の準備をしてコルテスの街に向かう。
昨日の時点で、コルテス子爵と教会には、ビオラ一行の予定が急遽（きゅうきょ）変更になった理由とお詫（わ）び、今日訪問する予定であることを、ビオラ直筆の書状によって伝えている。
ホアン・コルテス子爵は、ポルージャ子爵と同じくガルニア侯爵の配下で、代々ガルニア家の執事を輩出している家柄だった。

現在は息子が侯爵家の執事を務めており、現当主のホアンは領地でのんびりと隠居生活を……とはいかないようで、ガルニア侯爵の密偵として、王都とコルテスの間を月に数度は往復していた。

「ようこそおいでくださいました。お待ちしておりましたぞ」

白髪の子爵はかなりの高齢だったが、まだ背筋はピンと伸び、鍛えられた体は若々しい。

ビオラと護衛のシュナーベル、セインが、子爵とともに応接室へ去ったあと、ルートたちは控えの部屋に案内された。

途中、ルートたちにも茶菓子が出され、約二時間ほどでビオラたちは、応接室から出てくる。

「では、夕食会の件、ぜひお考えくださいませ」

「はい、分かりました。では、また」

ビオラは子爵に別れのあいさつをすませると、『魔導式蒸気自動馬車』に乗り込む。

「ほお、これが噂の『魔導式蒸気自動馬車』ですな。う～む、外観もなかなか……」

「ふふ……乗り心地も最高ですよ。ぜひ、子爵様もご購入されることをお勧めしますわ。その際は、こちらのルート・ブロワーの商会にお声がけください」

「おお、話は聞いておりますぞ。確か『タイムズ商会』でしたかな？」

ルートは、思いがけずコルテス子爵と言葉を交わすことになり、子爵の情報通に驚きながら、あいさつをする。

「流石は子爵様、よくご存じですね。『タイムズ商会』のブロワーです。御用の折は、お気軽にお申しつけください」

「うむ、そうしよう。では、ビオラ様、ごきげんよろしゅう」

馬車は軽快な蒸気音を発しながら、コルテス子爵の館を出発し、教会へ向かった。

「リーナ、なにか気になることがあるのか？」

ルートは隣に座ったリーナの落ち着かない様子に気づいて尋ねる。

「ん……なにもない。でも、それが逆に嫌な感じ」

「うん、気をつけよう。でも、よほどの攻撃じゃない限り、《防御結界》が防いでくれるから、不意打ちでやられることはないよ」

「ん、そうだね。ルートがいれば安心」

リーナは微笑んでルートを見つめた。

◇　◇　◇

教会に到着したビオラ一行は、司祭の部屋で歓迎を受けながら、明日の『説教会』について、綿密な計画を話し合った。いよいよ明日が、ルートたちの最大の試練の日である。

この教会に、コルテスの住人たちが集まり、ビオラは彼らの前で教えを説く。事前に教会から街中に予告してあったので、たくさんの人々が集まることが予想された。教会の中には収まりきらないので、庭まで使うことになるだろう。冒険者ギルドのゲインズと話し合い、街の衛兵や冒険者たちも警備にあたることになっている。

しかし、暗殺者にとって、これほど都合のいい機会はない。ルートは、ジークとリーナと話し合い、特別な計画を立てていた。そして、その計画をあえてその日の会議の場では明かさなかった。副官のセインがいたからだ。

会議の途中、シュナーベルになにか囁いて、セインは退出した。ルートはリーナに目配せして、彼を尾行するように指示する。

リーナがあとをつけると、セインはトイレに入っていった。流石にトイレの中までついていくわけにもいかず、リーナは物陰で彼が出てくるのを待った。やがて、セインはトイレから出てきて、何事もなかったかのように部屋に帰る。

時間をずらして戻ってきたリーナは、無言でルートに小さく首を横に振った。

実はこのとき、セインはトイレの中で、スタインと会い、重要な使命を受けていたのだ。

◇　◇　◇

スタインはトイレから出ると、道具置き場の天井部分を外して、音もなく天井裏へ移動した。そして礼拝堂に向かう。

彼には、他の誰も使えない必殺の暗殺術がある。今回それを使うように、オーフェン卿から命じられていた。その暗殺術は、数年前、彼が専用で使っている研究室で偶然発見したものであった。

そのとき彼が練習していたのは、複数のものを同時に転移させるという魔法だった。

一つのものを転移させることは、簡単だ。

だが、二つ以上のものを転移させることには、まだ成功していなかった。もし、これが使えるようになれば、例えば自分とターゲットの人間を同時に他の場所へ移動させることができ、暗殺が容易になるばかりか、証拠を現場に残さずに実行できるのだ。

その日、彼はリンゴを使って実験していた。

二個のリンゴを距離を置いて並べ、同時に《転移魔法》をかける。だが、何度やってもどちらか片方しか転移しなかった。そして何度目かのとき、彼は疲れており、リンゴをかなり近い位置に雑に並べてしまったのだ。マジックポーションを飲んで魔力を回復し、《転移魔法》を唱える。

そして、それは起こった。二つの転移魔法陣が重なるように床に現れ、目もくらむような光が発生し、同時にすさまじい爆発が起こったのだ。

幸い、その爆発は転移魔法陣の中で起こったので、熱は周囲に広がらなかったが、彼は衝撃波に吹き飛ばされ床に激突した。

脳震盪でしばらく起き上がれなかったスタインだったが、ようやく起き上がって見た惨状に驚愕する。机や椅子はひっくり返り、実験器具はめちゃくちゃに壊れている。そして、分厚いはずの石の天井にポッカリと丸い穴が開いていた。

その後、彼は誰も来ない山中に移動して、同じ実験を繰り返した。そして、この現象を彼なりに理解した。

（《転移魔法》は、《空間魔法》の一つだ。二つの転移魔法陣は二つの異なる空間が同時に存在していることを意味する。異なる空間が接触すると、そこに不合理が生まれ、それを修復するために膨大な力が発生する）

当初の目的とは違ったが、スタインはこの結果に満足した。なぜなら、この方法を使えば、どんなに防御を固めた相手であろうと、ある程度の距離から確実に抹殺することが可能だからだ。

彼は、この魔法に《ラギ・ラドール》、古代語で『死の転移』という意味の名をつけた。

◇　◇　◇

スタインは、天井裏から礼拝堂のティトラ神像の上に移動していた。そこからなら、壇上のビオラを、《ラギ・ラドール》で確実に殺すことができる。

そして、彼は決行の日を、明日ではなく今日と定めていたのである。

最大の理由は、教会周辺の警備が手薄であることだった。

明日は大勢人が集まる。事件を起こして人々がパニックになれば、確かにそれに紛れて逃げやすいかもしれない。しかし、教会の周りの警備はその分厳しくなり、逃走のリスクが高まる。

ビオラの周辺になにか特別な防御措置が施される可能性もある。

スタインは昨日、連絡要員と直接会い、馬車のこと、仲間の冒険者のことを詳しく聞いていた。

その結果、当日はなにか特別な護衛方法が計画されている、と読んだのだ。

そして、それは正しかった。

まさか、暗殺集団のボスが今日襲ってこようとしていることは、ルートも予想していなかった。

◇　◇　◇

明日の計画を話し終えると、ビオラ一行はすぐに『毒沼のダンジョン』に帰ることになった。早く安全な場所に移動するのは当然のことだ。

ところが、ビオラたちが司祭とともに礼拝堂へ移動したとき、不意にセインがシュナーベルにこう言いだしたのである。

「神官兵長、明日の我々の護衛位置を確認したほうがいいのではありませんか？」

心なしかその声は震えているように思えた。

「ん？　急にどうした？　我々の護衛位置は、そこの壇上の左右とさっき話し合ったではないか」

「はい。しかし、実際にビオラ様に立っていただいて位置を確かめないと、どこに死角があるか分かりません。『時の旅人』の三人には、刺客になったつもりでどこから襲撃しやすいか、見てもらいましょう」

普通なら職務に熱心な提案だと感心するところだが、ルートたちはセインが敵側に寝返る可能性が高いことを知っていたので、違和感しか感じられなかった。

「ちょっと待ってください。それだったら、わざわざビオラ様に立っていただかなくても、リーナやあちらのシスターの方でもいいんじゃないですか？」

ルートはセインに探りを入れるために質問したのだが、答えたのはシュナーベルだ。

「いや、セインの考えはもっともだ。ビオラ様にも実際の位置を見ていただいたほうがいい」

シュナーベルもセインの申し出に違和感は感じたが、それよりもルートに対する反抗心のほうが強かった。彼はビオラを愛するあまり、嫉妬で冷静な判断ができなくなっていたのだ。

ルートは困った。ここで、セインが敵のスパイかもしれないと暴露しても、誰もまともに信じてはくれないだろう。証拠を出せと言われれば、自分が《解析》のスキルで見た、としか言えないのだ。

しかしあとになって、ルートはこのとき、自分のスキルを暴露してでもシュナーベルを説得するべきだったたと後悔する。

ルートが焦っている間にも、シュナーベルが指示を出してリハーサルの準備が進んでいる。

（冷静になれ、考えろ。セインの目的はなんだ？　彼は自分で襲撃するつもりか？　いや、全員に《防御結界》をかけていることは知っているはずだからその可能性は低い。では、どうやって？）

ルートは必死に考えるが、分からない。

とりあえず、セインをビオラから遠ざけることしか思い浮かばない。

「セインさん、ちょっといいですか？」

ルートの呼びかけに、セインはしばらくじっとルートを見ていたが、やがてしかたなさそうに壇上から下りてきた。

「なんだね？」

「あ、はい、ええっと、ここの角度からだと、護衛のほうからは死角になってしまうと思うんですが……」

ルートは、セインを祭壇の脇に連れていきながらそう言った。その間も、頭をフル回転させて、セインの計画を読み取ろうと考える。

(下から穴を開けてビオラ様を落とす？　いや、祭壇は分厚い石の床だ。じゃあ、上から……っ！　上っ！)

「ふむ、まあ、特に問題は……っ！　ルート君、どうした？」

セインが言い終わらないうちに、ルートは祭壇に駆け上がって上を見た。そして、天井から下を見ている男と目が合う。

そこから先の数秒間、ルートの時間は、まるでスローモーションのようにゆっくりと流れていった。それは、彼が前世で死んだときのことを思い出させた。駅のホームから改札口への階段を下りていく途中、背後から誰かにぶつかられて階段の下へ落下する。スローモーションのようにゆっくりと時間が流れる感覚は、そのときと同じだった。

「ビオラ様っ！　逃げてっ！」

ルートは魔法で男を撃ち落とす体勢を取りながら、必死の思いで叫んだ。

「えっ？」

ビオラは一瞬、わけが分からず呆然とルートのほうに視線を向けた。そのとき、彼女の足下に一つの魔法陣が浮かび上がる。

（っ！　しまった、転移か！）

ルートはその方法に考えが及ばなかったことを後悔しながら、男に向かって無詠唱で《光の矢（ひかりのや）》を放つ。

「ぐわああっ！」

スタインは二つ目の転移魔法陣を唱える途中で、《光の矢》に首を貫かれて、ぐらりと体を揺らし、落下する。しかし、その直後、最後の気力を振り絞って、二つ目の転移魔法陣の詠唱をし終えた。男は落ちていきながら、使命を果たしたことに満足の笑みを浮かべる。

しかし、彼が死の直前に見たのは、信じがたい光景だった。

二つ目の転移魔法陣が浮かび上がった瞬間、どこから現れたのか、銀色の髪の少女が、ビオラを勢いよく壇上の端へ突き飛ばしたのである。

その直後、目もくらむほどの光が、少女を、そしてスタインを包んだ。

それは、まさに悪夢のような出来事だった。

ルートが、セインと刺客の計略に気づいてから、わずか十秒足らずの間に起こったことだ。

壇上の者たちはわけが分からないまま、衝撃波で全員が四方八方に吹き飛ばされた。

そして、天井にはぽっかりと穴が開き、ティトラ神像の壊れた頭部と、片腕と片足を失った男の死体が落ちてきた。リーナの姿は、どこにも見当たらない。

壇上の下に転がったルートは、四つん這いの格好で、呆然と壇上を見つめながら体をぶるぶる震わせていた。ようやく、吹き飛ばされた人たちが起き上がってあたりを見回し始める。

「な、なにが起こったんだ？　あっ、ビオラ様、よくぞご無事で」

「私は大丈夫です。それより……」

ビオラは、石像の破片の間に横たわった無残な男の死体から目を背ける。

「その男は、近衛神官兵長スタイン・ホレストです。生死を確かめて拘束しなさい」

ビオラはシュナーベルにそう命じると、ルートのそばへ歩み寄った。

そのときセインはふらふらしながら裏口のほうへ逃げ出そうとしたが、それに気づいたジークが追いかけ難なく拘束する。

「ルート……あの……」

ビオラはルートに声をかけようとしたが、その様子を見て言葉を呑み込んだ。

「……リーナ、リーナが。リーナが……」

ルートは床に四つん這いになったまま、必死に探すように、愛する少女の名を口にし、這いずり回る。そこへ、セインをシュナーベルに引き渡したジークがやってきた。

「おい、ルート。おい、しっかりしろっ！」

ジークは、ルートの胸倉をつかみ上げて立たせると、強烈な張り手を少年の顔に放った。

ルートは二メートルほど吹っ飛んで床に倒れる。

「今はやるべきことがあるだろうがっ」

ジークの言葉に、ルートはよろよろと立ち上がる。

「ルート、私は急遽これからバウウェルに帰ろうと思います。もうこれは看過できる問題ではありません。教皇とその一派を断罪します」

ビオラは怒りを必死に抑えながら、決意を込めてそう言った。

死んだようだったルートの目に、ようやく少し光が戻る。

「……分かりました。ジーク、馬車を入り口へ」

「おうっ」

ルートは司祭に、この事件のこと、自分がビオラを必ず無事にハウネスト聖教国まで送り届けることを、ゲインズに伝えるよう頼んだ。

司祭はまだ腰を抜かして震えていたが、必ず伝えると約束した。

◇

ビオラ一行は、騒然となりつつあるコルテスの街を急いで通り抜けて、『魔導式蒸気自動馬車』で逃げるようにしてハウネスト聖教国へ向かっているところだ。

セインは厳重に拘束され、スタインの遺体は教会にあった使い古しの棺桶に入れられて、床の上に転がされている。

ビオラは、向かいに座ってうなだれるルートに、なんと声をかけるかずっと迷っている。

彼女は危機一髪のところを、銀髪の少女に救われた。

その少女、リーナはルートの大切な仲間だ。そして、彼女はおそらくあの激しい爆発に巻き込まれて亡くなったと思われる。遺体も残らないなんて……一瞬にしてこの世から消えてしまったのだ。

お詫びや慰めでどうこうなる話ではない。それは十分わかっているが、なにか自分が力になれることはないのか、ビオラはずっとそれを考えていた。

ところが、彼女が口を開く前に、ルートの低いつぶやきが聞こえる。

「僕…の…ミスだ。僕が悪い。甘く見すぎていた……僕のせいで……」

車内の者たちはそのつぶやきに、沈痛な表情でお互いを見合うしかなかった。

「ああ、そうだ、お前のミスだ。ビオラ様が助かったからよかったものの、万が一……」

「黙りなさいっ！」

追い打ちをかけようとするシュナーベルに、ビオラは激しい口調で一喝した。

「よくもそんなことが言えますね。あのとき、セインの計略にルートは反対しました。計略にまんまとはまったのは、あなたじゃないですか」

「あ、い、いや、それは……」

「言い訳はいいから、あなたはセインに尋問してください」

ビオラはそう言うと、ルートのほうに向き直る。

「ルート、あなたが自分を責めるのは間違いです。あなたがいなかったら、私は今この場にいません。それどころか、もっと被害は拡大していたでしょう。他の誰であっても、あのスタインの襲撃は防げなかったと思います」

「……でも、リーナが……」

「そのことについてはなんと言っていいか、言葉が見つかりません……私が助かったのはリーナさんのおかげです。彼女のためにも、私は彼女にいただいたこの命を、精一杯人々の平和と幸福のために使うつもりです」

ルートは一つ、大きく深いため息を吐いた。

リーナが死んだ事実をなかったことにはできない。その事実を時間をかけて受け入れていくしかない。失ったものはあまりにも大きかったが、得たものもあった。それは、ビオラが立ち上がろうと決意したことだ。エドガーが望んだ結果を得ることができたのだ。

「そうですね……リーナも喜んでくれるでしょう。前に進まないといけない……それは分かっています」

ルートは今になってようやく、リーナが自分の中でどれだけ大きな存在だったか理解した。あまりにも身近で改めて考えたこともなかった。ルートの心は、穴が空いたなどという生易しい表現では表せないほど空虚だった。なにかでつなぎとめておかないと、消えてしまいそうなほどだ。

「ええ、きっと神は……」

「っ！　今はっ……今は神のことは口にしないでください。お願いします」

突然叫んだルートに、ビオラはなんとか頷く。

「……はい、分かりました」

その間、ジークは『魔導式蒸気自動馬車』を精一杯飛ばしながら、涙でかすむ前方の道をじっと睨みつけていた。

エドガーとボーゲル卿は、ビオラから事件の顛末を聞かされるとあまりの驚きと恐怖に言葉を失った。しかし、全ての証拠がそろった今こそ、行動のときだと判断する。

すでにエドガーは、オーフェン卿とその一派が、一部の商人たちと結託して、不正な公金の流用や物品の価格操作により、巨額の私腹を肥やしている証拠を手に入れていたのだ。

ボーゲル卿は、枢機卿に許された権利である『緊急中央枢機卿会議招集』を各領地に発した。

当然、その発動理由に心当たりのある教皇とオーフェン卿一派は、それを阻止しようとあれこれ策を講じたが、四人のうち三人の枢機卿が了承を表明したからには、会議を開かざるを得ない。

驚いたことに、反対するだろうと予想された現ミストール卿、つまり教皇の息子ハンス・ミストールは会議開催に賛成を表明したのだ。

「ぬうう、ハンスのやつめ、父親であるわしを裏切りおってぇ～」

教皇は地団駄(じだんだ)を踏んで悔しがったが、ミストールの領内ではこの結果を予想した者も多かった。

というのも、以前から教皇親子の対立は周知のことであり、息子を慕う領民たちが多かったからだ。

こうして、大神殿の会議場で『緊急中央枢機卿会議』が開かれたのであった。

「では、会議に先立ち、教皇様よりお言葉をいただきます」

議長の声が、円形ドーム状の広い会議室に反響する。

大きな椅子が四つ円形に並び、中央の一段高い位置に教皇の席があった。

教皇クリフ・バウウェルは、ふてくされたような顔で立ち上がり、ボーゲル卿たちを睨みながら口を開く。

「この時期に、なんの話か知らんが、下らん内容だったら即刻会議を中止するからな。以上だ」

「ありがとうございました。では、会議を始めます。まず、招集したボーゲル卿に、今回の会議の内容についてお話しいただきます」

指名されたボーゲル卿は座り直して、一同を見回したあとこう切り出した。

「ええ、先日コルテスの街に布教活動に赴かれたビオラ・クライン神官長様が、二度も刺客に襲撃されました。この事件については、すでにお聞き及びの方もおられるでありましょう。幸い神官長様はケガもなく、無事にお帰りになられました……」

ボーゲル卿はそこでいったん言葉を切ると、枢機卿たちと教皇をちらりと見たあと、言葉を続ける。

「その刺客が誰によって差し向けられたのか、明確に判明したので、この会議を招集したのです」

枢機卿たちがざわめいたが、ボーゲル卿は構わず続けた。

「証人として、この場に神官長様と、護衛の任務にあたったシュナーベル神官兵長をお呼びしました。まず二人の話を聞き、そのうえで、犯人をいかなる処分にすべきか判断していただきたく思います」

「待てっ」

教皇はいても立ってもいられず叫ぶ。

「そのようなことは、わし一人が判決を下せばすむことだ。わざわざ、こんな会議を開く理由がどこにある」

「会議を開く必要はあります」

高く澄んだ声が響き渡り、入り口から正装のビオラと、彼女を守るようにシュナーベル、あとに続いて四人の神官兵たちが棺桶を抱えて入ってきた。

「な、なんだ貴様らは、わしの許可もなく入ってきおって。ええい、衛兵、この者たちを外へつまみ出せ」

「お待ちください、教皇様」

立ち上がったのは、ビオラの父親であるクライン卿だ。

「これは、我が娘だから申し上げるのではございません。神官長は教皇様に不測のことがあったとき、その代理を務める教皇様に次ぐ地位の者です。その者が二回も何者かに襲撃されたとなれば、これは国全体に関わるゆゆしき事態です。この場で話し合うべき議題と考えますが、他の方々はいかがですか？」

「うむ、当然のことじゃ」

「私もそう思います」

ボーゲル卿とミストール卿が賛成の声を上げ、オーフェン卿は青ざめた顔で口をつぐんでいる。

「では、会議を続けます。まず、証人である神官長様と神官兵長に今回の事件のあらまし、及び襲撃者について聞きたいと思いますが、よろしいですかな？」

議長の言葉に、枢機卿三人が賛成し、オーフェン卿と教皇は無言だった。

「賛成多数とみなします。では、神官長様、中央へどうぞ」

ビオラは促されて、一人で枢機卿たちが囲む広い空間へ堂々と歩いていく。

彼女はゆっくりと周囲を見回し、最後に正面の教皇をしっかり見据えながら口を開いた。

「先ほど、クライン卿は私が襲撃されたのは二回と言いましたが、実は、これまでにも数度、私は襲撃を受けています。幸い、主のご加護で命を救われてきました。誰が、なんの目的で私を殺そうとするのか、これまではっきりしたことは分かりませんでした。でも、今回ようやくそれが分かりました。一名の兵士と一人の少女の尊い犠牲のおかげで……二回の襲撃のあらましは、神官兵長に説明してもらいます」

ビオラに言われて、シュナーベルが緊張した面持ちで、横合いから襲撃事件のあらましを語り始める。

「ぬううっ、もうよい！　でたらめばかりぬかしおって。下がれ、下がれっ！」

シュナーベルが、二回目の襲撃事件について話している途中、ついに我慢できなくなった教皇が叫んだ。しかし、それはもう自らが襲撃事件の首謀者だと自白しているようなものだった。

「きょ、教皇様、お鎮まりください。ご心配なく。この者たちの世迷言を立証するものはなにもございません」

オーフェン卿が自信を持ってそう言う。

「証拠ですか？　それならいくらでもございますわ」

ビオラはそう言うと、神官兵たちに頷いた。

神官兵たちが棺桶を抱えて、ビオラのもとへ運んでくる。

「これが誰か、教皇様とオーフェン卿はご自分たちの目でご確認ください」

ビオラはそう言うと、兵士たちに棺桶の蓋を開けさせ、スタインの死体を見せた。

おおっ、というどよめきが起こり、枢機卿たちは椅子から立ち上がって死体のそばに近づく。

「こ、これは、あの天才魔導士、近衛神官兵長のスタイン・ホレストか……」

「間違いない。スタインは教皇様の懐刀……誰が指示を出したかはもう明白ではないか」

「し、知らん、わしは知らんぞ。ス、スタインが勝手に……」

「教皇様、もはや言い逃れはできませぬ。皆に正直に打ち明けましょうぞ」

「な、なんだと？　オ、オーフェン、貴様、なにを？」

オーフェン卿は蛇(へび)のような目を教皇に向けて、にやりと笑みを浮かべた。そして、他の枢機卿たちを見回してこう言う。

「あはは……いや、実はな、わしと教皇様は、かねがねスタインの勝手な暴走を何度も諫(いさ)めておったのだ。だが、下手をすれば教皇様がスタインに指図したように疑われてしまう。まあ、スタインの狙いはそこにあったのだがな。やつは、己を止めたければ、自分を次期神官長に推挙(すいきょ)せよと、教皇様を脅迫しておったのだ」

一発逆転を狙った、オーフェン卿の芝居(しばい)であったが、もちろんそれを信じる者は誰もいなかった。

しかし、主張をごり押しされれば、証拠を提示しない限り、教皇の権限でそれが真実であると決定されてしまう。

「残念ながら、オーフェン卿。あなたの作り話はそこまでですわ」

「な、なに？」

ビオラはシュナーベルに合図を送る。

シュナーベルは、ドアを開けて外に出ていき、やがて神官兵二人に両側から抱えられた人物を連れて戻ってきた。その人物を見たオーフェン卿は瞬時にがっくりと肩を落とす。

「このセイン・ケストナーが、全て白状しましたわ。さあ、セイン、あなたの口から言いなさい。スタイン・ホレストに私を暗殺するように命じたのは誰ですか？」

セインは全てを諦めたようにうなだれたまま、震える声で答えた。

「教皇様と……オーフェン卿です」

「嘘だっ！　そ、そ、その男は、う、嘘を言わされているんだ」

「教皇様、いや、クリフ・ミストール。そして、ゲオルグ・オーフェン。お前たちには、他にもこれだけ報告書や罪状が上がってきておる。もう、言い逃れはできぬぞ」

ボーゲル卿が、エドガーから預かった、分厚い報告書や罪状を掲げて言い放つ。

しんと静まり返った会議場に、教皇の「フゥッ、フゥッ」という興奮した荒い息遣いが聞こえていた。すると、不意に笑い声が響き渡る。オーフェン卿だった。

「ふふふ……ふははは……全ては貴様の計画どおりというわけか、ボーゲル。我らを蹴落として、まんまと教皇の地位を手に入れるとは、見事だよ」

「わしが教皇だと？　はっ、冗談も大概にしろ。わしにはそんな徳も力もない。真に教皇にふさわしいお方は、そこにおられるビオラ・クライン神官長様をおいて他にはいない。それは、国民の誰もが知っておることじゃ。今日を限りに、時代遅れの者は退き、若い世代に新しい時代を切り開いてもらうべきじゃ。そう思わぬか？　ゲオルグよ」

オーフェン卿は悔しげに口元をひきつらせて笑い、もうそれからは口をつぐんで沈黙を通した。

「では、会議を再開する。ここからは、神官長襲撃と各種不正疑惑の容疑者二人に対する罪状認否及び、判決を議事の中心とする。その前に、容疑者二人には拘束具を装着し、檻の中に入ってもらうこととする」

議長がそう声をかける。ビオラは脇に移動し、二人に拘束具が着けられ、下りてくる鉄の檻の中に入れられる様子を見ていた。そして、自分の役目が終わったことに安堵のため息を吐いて、静かに会議場を出ていこうとする。

「あ、お待ちください、神官長様」

すると、ボーゲル卿がビオラを呼び止め、三人の枢機卿たちを見回して言った。

「どうであろう、ビオラ様にはこのままここにいていただき、会議終了後に教皇就任要請の建議を図りたいと思うのだが」

「うむ、それがいい」

「異議はございません」

「賛成です。どうせなら、教皇席にお座りいただきましょう」

　この日、現教皇バウウェル十八世とオーフェン卿には死罪が言い渡された。

　こうして、ハウネスト聖教国に長らく巣食っていた悪しき権威は崩れ去り、新しい希望に満ちた再生の時代を迎えることになる。

　その希望の中心であるビオラ・クラインは、翌年の春、『中央枢機卿会議』において満場一致で第十九代の教皇に選出された。

　この若く美しい教皇のもとで、国内の改革は次々に進み、ハウネスト聖教国はかつてない繁栄の時代を迎えるのである。

「我が父よ、予定どおりだったとはいえ、辛い決断でございましたな」

「おお、マーバラか……見ておったのか？」

「それは当然。今、私が最も興味をひかれている人間の子ですからね」

　そこは、俗に神界と呼ばれる場所である。

　そうは言っても、ユートピアのような美しい風景が広がっているわけではない。

光に満ちた無限に近い広大な空間があるだけだ。

そして、会話をしているのはティトラ神とマーバラ神である。

この二つの存在は、言葉を使って会話はしない。思念でやり取りをしている。

ルートたちの世界では神の像が作られているが、これは神が便宜上（べんぎじょう）実体を作り出しただけで、彼らには形がないのである。それは柔らかな光を発し全宇宙をあまねく覆っているのだ。

「うむ……ルートにはずいぶん恨まれておるだろうな」

「それはそうでしょう。我らを愛してくれていたのに、裏切られたのですから」

「そうじゃな。しばらくは見守るしかないか」

「なあに、それほど長く待つ必要はないでしょう。それより、驚きました。あの子は、我らの真意に近づきつつあります。流石は、我が父が目をかけただけのことはありますね」

戦いと知恵の女神として、剣と天秤（てんびん）を手にした姿で表されるマーバラは、世界が神々の望む方向に進んでいるか監視し、必要ならば担当の神々に指示を出す役目を持っている。

彼女や他の神たちは母体から分かれた分体であり、思念の種類の違いによって役目を分担しているのである。

「うむ。地球人として生まれながら、あえて違う星に転生することを希望した珍しい人間じゃからな。だから、あえて前世の記憶を持たせて転生させたのじゃ。地球という星の意味を考えさせるためにな。だが、あの年でまさかここまでの考えに至るとは、予想外であった」

「生きている間に、真理にたどり着くでしょうか」

「それは分からぬ。だが、少なくともこれまで見てきた星々の歴史の中でも、類まれな存在であることは確かじゃな」

「あはは……楽しみでもあり、危険でもありますね」

「いや、危険とは思わぬよ。たとえ、あの子が宇宙の真理を知ったとしても、虚無と破壊の信奉者になるとは思えぬ。あの子はわしらの力強い味方となる、そう信じようではないか」

和やかに談笑する彼らのすぐ隣には、暗黒の虚無が広がり、それは非常にゆっくりだが確実に広がっていた。

この宇宙には、元々『二つのもの』しか存在しなかった。それは、あるときは「光と闇」と呼ばれ、またあるときは『陽と陰』『正と負』『創造と破壊』など様々に表現されてきた。

『二つのもの』は生き物の思念が形を成したエネルギー体のようなものだ。

これまで果てしなく繰り広げられてきた両者のせめぎ合いは、常に暗黒の力のほうが強かった。

宇宙は常に闇に呑まれ消滅するが、光と創造の思念エネルギーは、わずかなほころびを見つけて、そこから再び広がっていく。

光の思念体である神は、なんとかこの無限ループを終わらせ、光の宇宙を創造したいと願い続けてきた。そのためには、悲しみや絶望といった負の思念、闇のエネルギーに打ち勝つほどの、正の思念を増やすことが必要だった。神々は、そのために『信仰』という概念を人間に与えた。

魔素で作られた世界は、人間に優しい世界だ。なぜなら、魔法の力で、自力で生きていくことが可能な世界だからだ。そこには神への『信仰』は生まれにくい。

人間同士の絆や思いやりの気持ちを希薄にする。さらには、努力を怠らせ、科学や社会の発展を遅らせる原因ともなった。

地球のように魔素がない世界は、人間にとって厳しい世界だ。

一人だけで生きていくことは不可能だ。だから、人々は協力し、助け合う。そして、強い『信仰』も生まれやすい。また、よりよく生きるために科学や社会の仕組みが進化し、発展していく。

地球は神々の実験で生まれた星だ。

やや、科学が発達しすぎて、神や自然への感謝が薄れてきているのを危惧しているが、神々はまだ希望は捨てていない。

やがて、神の真意に気づく者が生まれ、祈りと感謝に満ちた世界の大切さを、人々に訴えてくれると信じているのだ。

第十章　変革のとき

ハウネスト聖教国の情報は、瞬く間に全世界に広がって衝撃を与えた。当然隣国であるグランデル王国でも、しばらくは人々の話題の中心だった。

だが、その事件の陰に、神官長を守ったポルージャの冒険者パーティがいたことは、一部の人々を除いてほとんど知られていない。

事件のあと、我が家に帰ったルートは、母に全てのことを話し、二人で一晩中泣き明かした。そして涙を流し尽くした翌日から、彼は気丈にふるまい続けた。

まだ、心にはぽっかりと穴が空いていたが、彼を取り巻く状況はハウネスト国にも劣らないほど目まぐるしいものだったからだ。

『魔導式蒸気自動馬車』の注文はひっきりなしに続いており、新しい工房を作らないと、とても生産が追いつかない状態だった。また、『タイムズ商会』の店のオープンも近づいており、ジークはそちらにかかりきりになっている。道路整備事業が始まり、『定期乗合馬車』の運行準備も急がねばならなかった。こうした目が回るような忙しい日々の中で、ルートは余計なことを考える時間もなく、家に帰ると疲れ果ててすぐに眠ってしまい、リーナを失った悲しみに浸る暇もなかったのだ。

これは、ある意味幸いだったかもしれない。

◇◇◇

「おーい、ルート、領主様の使いから手紙を預かってきたぞ」

『タイムズ商会』の店で、棚に商品を並べていたルートのもとに、商品の受け取りに出かけていたジークが、一通の手紙を持ってきた。

「子爵様から？　なんだろう」

ルートは手紙を受け取ると、早速開封して中を読み始めた。

「なんだって？」

「うん……話があるから館に来いって……どうやら、ガルニア侯爵に関係がある話らしい」

「ガルニア侯爵か？　う～ん、なんか面倒な予感しかしねえな」

「うん、でも、拒否権はないんだろうね。ここが片づいたら、ちょっと行ってくるよ。ライルさん、あとをお願いしますね」

「はい、お任せください」

リーナの穴を埋めるために、急遽ベンソンに頼んで派遣してもらった、ギルドの職員で経理担当の若者は、いかにも楽しげに商品の値段をチェックしながら頷いた。

◇

「よく来てくれた。今回は大変だったな。リーナのことは聞いた。心より哀悼の意を申し述べる」

ルートを玄関で出迎えたポルージャ子爵は、右手を胸に当て深く頭を下げた。

「恐れ入ります。リーナも喜んでいると思います。僕たちも、彼女のおかげでなんとか役目を果たすことができました」

「そうだな……さあ、中へ入ってくれ」

子爵は、俯(うつむ)いて肩を震わせているルートをいたわるように、応接室へ連れていった。

「今や、王国中の貴族の間で、今回のハウネスト聖教国の政変のことが話題になっている」

ソファに座った子爵は、そう切り出した。

「話題の中心は、あの若い女性教皇が今後どんな政策を打ち出してくるか、という点だが、他にも貴族の間でのみ話題になっていることがあってな。それは、今回の事件で、彼女を命がけで守った冒険者たちがいるということだ」

「そんな話が広まっているんですか？　極秘で任務にあたったのですが」

子爵はにやりと笑みを浮かべながら、顎の下に手を当ててルートを見つめる。

「まあ、普通はこんなに早く、お前たちの情報まで広まることはないな。だが、今回は話の出どころが特別だったのだ。誰だと思う？」

ルートはそう聞かれて、思い当たる人物を思い浮かべてみたが、該当する人物は一人しかいなかった。

「ビオラ様本人ですか？」

「ああ、そのとおりだ。彼女は、政変後すぐに、全世界の元首宛てに緊急の親書を送った。政変のあらましと、心配せずにこれまでどおりの『信仰』を寄せるようにという内容のものだ。そして、その中に、自分を命がけで守ってくれた冒険者たちのことが書かれていた。グランデル国王は、主だった重臣たちを王城に集めて、この親書を読み上げた。重臣たちは各領地に帰ったあと、寄子の貴族たちに親書の内容を伝え、この優秀な冒険者のことを調べさせたのだ」

「ああ、なるほど、そういうことでしたか」

ルートは納得した。

「そこでだな。今日の話の本題に入るが、私の主人であるガルニア侯爵が、ぜひお前に会いたいと言っておられる」

予想していたことだったので、ルートは驚かなかったが、理由が知りたかった。

「それは断れませんね。分かりました。それで、どういう御用なのか、聞いておられますか？」

「いや、聞いておらぬ。しかし、予想できることはある」

子爵はそう言うと立ち上がって、明るい陽光が差し込む窓際へ歩いていった。

「侯爵殿下はすでに『魔導式蒸気自動馬車』を購入して使っておられるし、私も以前からお前のことは逐一殿下に報告している。そして、今回の件だ。もはや、侯爵の中でお前は、ただの冒険者の少年ではなくなっているのだろう。もしかしたら、御自分の配下に加えたいとお考えかもしれない」

あり得る話だ、とルートは思った。自分の配下に加える一番手っ取り早い方法は、低い爵位(しゃくい)を与えて、子飼いの貴族にすることだ。

「すると、僕に爵位を、ということですか？」

「うむ、その可能性は高い」

「侯爵様には申し訳ありませんが、僕は貴族になるつもりはありません。第一、奴隷娼婦の息子で、スラム街出身の僕が貴族になんて、社会が認めるはずがありません。侯爵様や子爵様にもご迷惑がかかると思います」

「うむ、私もお前が貴族になるのは反対だ。ただし、お前の出自がどうのという問題ではない。お前は貴族などという窮屈な身分に縛られず、自由であるべき、と思うからだ」

ルートは驚いて、陽光に照らされた子爵を見つめる。

「そう不思議そうな顔をするな。これまでのお前がやってきたことを見ている私からすれば、当然の考えだ。確かに貴族になれば、その権力を使ってやれることはあるだろう。だが、それ以上に制約が多いのも確かなのだよ。この世界には、まだまだ古い制度や考えが多く残っている。それらに風穴を開けてくれるのはお前のような存在であると、私は思っているのだ。権力が必要ならば、貴族を利用すればすむことだしな」

ポルージャ子爵は、再びルートの前に戻ってきて座る。

「そこで、私の考えた作戦なのだが……」

◇　◇　◇

ポルージャ子爵の館を訪れてから二日後。ルートは一人でガルニアへ向かった。

西門を出て、広大な荘園の横を通り、草原と森が交互に続く道を走っていく。

すでに、道路整備は三キロほど先まで終わっており、工房でルートが作り置きしていたケイ素入りの『焼きレンガブロック』がきれいに敷き詰められ、走りは快適だった。

「やあ、皆さん、ご苦労様です」

「おお、ルートさんじゃないか。今日はガルニアに行くのかい？」

「はい、ちょっと野暮用で」

三キロを過ぎたところで、道路整備の工事現場を通りかかる。

働いている人たちも、ルートのことはよく知っていたので、皆口々にあいさつしたり、手を振ったりしてくれた。ブロックを積んだトラック型の『魔導式蒸気自動馬車』も見える。活躍してくれているようだ。

そこから先は整備されていないでこぼこ道だったが、『魔導式蒸気自動馬車』は軽快な蒸気音を響かせてガルニアへ向けて走り続ける。

侯爵領の領都ルンドガルニアの街は、王都とも近く、南のリンドバル辺境伯領、東のハウネスト聖教国、西の貿易港ラークスと、各地からの物資が集まる商業交易の中心都市として栄えていた。

この大きな街の中心からやや王都寄りの高台に、グランデル王室の一族で、現国王の叔父にあたるガルニア侯爵の壮麗な城が聳え立っている。

入り口の門から玄関のロータリーまで、石垣のある緩やかな上り坂がうねうね曲がりながら続いている。敵が一気に攻め込まないようにするための工夫だろう。

当然、門でのチェックも厳重だった。まず、今日の予定に入っていない客は、誰であろうと門前払いだ。前日にポルージャ子爵の使いが、今日来ることを知らせていたので、ルートは問題なくチェックを通過することができた。

門の内側にある衛兵の詰所から出てきた三人の兵士たちが、馬車の内外からルートの持ち物まで厳重に調べる。

「ほう……なかなかいい杖だな、ドワーフ製か？」

「はい、ポルージャのボーグの工房で作ってもらった専用武具です」

「なに？　あの名工と名高いボーグの品か？」

「はい。知っているんですか？」

「ああ、あたりまえだ。武器や防具に関しては少々うるさいのでな」

「た、隊長」

武器をまじまじと見つめる男はどうやら衛兵の隊長であるようだ。

「っ！　ああ、おほん。これは一応預かっておくぞ。その空のバッグはなにに使うんだ？」

「ああ、はい。ガルニアは初めてですので、母になにか買っていこうと思いまして、お土産を入れるんです」

「そうか、いい心がけだ。よし、通っていいぞ」

ルートは礼を言って、『魔導式蒸気自動馬車』を動かし始める。

「まだ子供なのに大したもんだ」

「よほど裕福な商人の息子なんでしょうね」

苦もなく坂を上っていく『魔導式蒸気自動馬車』を見送りながら、衛兵たちはそんな感想を漏らすのだった。

「旦那様、ルート・ブロワー殿が御到着にございます」

一張羅（いっちょうら）を着て、革のバッグを肩に下げたルートは、だだっ広い館の中を、まだ若く背の高い執事に先導される。しばらく歩くと、ある部屋の前まで来た。

「うむ。入れ」

部屋の中から張りのある低い声が聞こえ、ドアが開かれる。

「参上いたしました。ルート・ブロワーでございます」

「うむ、こちらに参るがよい」

ルートは頭を下げたまま声のするほうへ数歩近づいていった。

後ろでドアが閉まる音が聞こえ、先ほどより砕けた感じで声をかけられる。

「もうよい、顔を上げて楽にしろ。ロベルのやつに仕込まれたのか？　子供は礼儀作法（れいぎさほう）など、さほど気にする必要はない」

「は、はい、失礼します」

ルートはやや戸惑いながら、顔を上げて声のするほうへ目を向ける。

てっきり、ガルニア侯爵一人かと思っていたら、彼の横にすらりと背の高い見覚えのある人物が立っていた。

「久しぶりであるな、ルート・ブロワー」

「これは、コルテス子爵様。お久しぶりです」

「まあ、こちらへ来て座るがよい。ワインでも、と言いたいところだが、お茶のほうがよいな」

侯爵はそう言って手を三回叩き、入ってきた執事にお茶と菓子の用意を命じた。

その間にコルテス子爵は、ルートにソファに座るように勧め、自らも向かいに腰を下ろした。

「ビオラ様の護衛、よくぞやり遂げたな。わしからも礼を言おう」

「恐れ入ります。仲間が命を省みずビオラ様を守ってくれたおかげで、なんとか任務を果たすことができました」

「うむ、そのことはゲインズから聞いた。辛いだろうが、冒険者なら、いつ命を落とすかもしれぬ覚悟はできていたであろう。よくやったと褒めてやるべきだ」

確かにそうだ。だが、それは所詮（しょせん）きれいごとでしかない。それなら、むしろ安易な慰めなどしないでほしい。ルートは心の中で叫んでいた。彼の心から流れ出る血は、まだ止まってはいなかった。

「ルート・ブロワー。お主が作った『魔導式蒸気自動馬車』、使わせてもらっておるぞ。あれはよい。乗り心地もいいし、なにより速い。国王陛下も気に入られてな。近々、注文が入ると思うぞ」

ガルニア侯爵が楽しげな声でそう言いながら、コルテス子爵の横にどっかと腰を下ろす。

「それは身に余る光栄です」

「うむ……」

侯爵は小さく頷くと、急に真剣な表情で横にいるコルテス子爵に視線を向けた。すると、コルテス子爵が頷いて、ルートに問いかける。

「単刀直入(たんとうちょくにゅう)に聞こう。ブロワー、お前は《加護持ち》か？」

ルートは思いがけない質問の答えに窮(きゅう)した。長く黙っているのは認めたことと同じになるし、持っていないと言えば、ステータスを見せろと言われるに違いない。

ルートは腹をくくった。

「はい。ティトラ神とマーバラ神のご加護をいただいております」

侯爵と子爵はやはりといった顔で、納得したように頷く。

「やはり、そうであったか。しかし、驚いたな。本来、加護は貴族の子供に授けられるもの、と理解しておったが、平民の子に授けられるとはな。しかも、ティトラ神とマーバラ神の加護とは……」

（へえ、そうなのか。でも、なぜなんだろう？　恵まれている貴族の子にさらに恵みを与えるなんて……神様はなにを考えているのか）

ルートはそう考え、リーナの運命とも相まって神に対する腹立たしさが湧き上がってきた。

「しかし、これなら爵位を受ける資格になるでしょう。貴族にもめったにいないティトラ神とマーバラ神の《加護持ち》ですから」

「うむ、そうだな。ブロワー、わしは以前からロベルにお主の話を聞かされていた。あやつは、よほどお主のことが気に入っているようでな。とにかく規格外の天才だと、盛んに褒めそやしておった。それほどの者なら、わしもぜひ会ってみたいと思っておったところに、今回の事件だ。これはよい機会だと思ってな、お主に来てもらったわけだ」

「お褒めのお言葉、ありがとうございます」

「うむ。それでな、わしは近々陛下にお会いするのだが、そのときお主のことをお話しし、叙爵(じょしゃく)についてもお願いしようと考えておるのだ、どうだ？」

「私に爵位……ですか？」

「うむ。今回、ハウネスト聖教国の危機を救った功績は、十分叙爵に値するものだ。ただ、お主の出自が難点であった。しかし、神の加護を受けているとなれば、それも看過できよう」

予想どおりの展開だったので、ルートはポルージャ子爵と打ち合わせたとおりに答えた。

「大変ありがたく、私などにはもったいないお話だと思っております。ですが、爵位の件につきましては、謹(つつし)んで辞退させていただきたいと思います」

「せっかくの侯爵様のご厚意を断ると言うのか？」

恐らく侯爵に入れ知恵したのはコルテス子爵なのだろう。少し焦ったように、ルートに迫る。

「ご無礼は重々承知のうえでのお願いでございます。ご存じのように、私は『タイムズ商会』を立ち上げた商人です。まだまだ売り出したい商品のアイデアが、ここにたくさん詰まっています……」

ルートは、そう言って自分の頭を指先でトントンと叩いてから、言葉を続けた。

「もし、私にご褒美をくださるのでしたら、『侯爵家御用達』の商人にしていただけないでしょうか？」

「ほお、我が家の御用商人になりたいのか？　なぜだ？」

「はい、それは商品に箔をつけ、知名度を上げるためです。もし、侯爵家の『紋章』を商品につけることをお許しいただけるなら、それこそ我が商会の商品はこの国はおろか、全世界で飛ぶように売れるでしょう。もちろん、『紋章』の使用料として、売り上げの三割を侯爵家に納めさせていただきます。いかがでしょうか？」

侯爵は、う～んと唸りながらコルテス子爵に視線を向ける。

「ふむ、悪い話ではありませんぞ、殿下。売り上げの三割とは、商業ギルドの特許料と同じ割合。しかも、それを商品一つ一つにつけると言うのですから、破格の条件です」

コルテス子爵は侯爵にそう説明してから、ルートを見る。

「だが、それは商品が売れればの話じゃ。『魔導式蒸気自動馬車』は確かに売れておるようじゃが、他の商品も売れるとは限らない。いったい、どんなものを売るつもりじゃ？」

ルートはにこりと微笑んで、傍らに置いたバッグを手に取った。

「はい、そうおっしゃるかと思いまして、いくつか販売予定の品を持ってまいりました」

彼はそう言うと、バッグの中からガラスの小瓶を二つと皿に載ったドーナツ、そしてまだ湯気が立っているパスタ料理を次々に取り出して、テーブルに並べていった。

「そ、それはまさかマジックバッグか？」

コルテス子爵が目を丸くして叫ぶ。

「あ、はい、そうです。内部は時間も経過しないし、清潔なのでご安心ください」

「い、いや、そんなことではなくてだな……」

「このバッグはいくらで買ったのだ？」

「これですか？　街の雑貨屋で二五〇ベニーで買いました」

「はあ？　ば、馬鹿なことを言うな、マジックバッグがそんな値段で……」

「ホアンよ、よく見ろ。この子は、なんの変哲もないバッグに魔法をかけてマジックバッグにしているのだよ」

「な……いったい……それが加護の力じゃと言うのか？」

詳しい説明をすればするほど、面倒になることは分かっている。ここはスルーして話題を変えるに限る。

「まあ、そんなところです。それより、こちらの商品をどうか試してみてください」

ルートは二人の注意を逸らすためにそう言った。

「では、こっちの瓶のほうから説明してもらおうか？」

侯爵は細長い瓶を手に取って、眺めながら言う。

「はい。今、侯爵様が手に取っておられるのは、肌を手入れするための液体です。薬草をベースに、植物性の油とハーブを混ぜてあります。少し手に取って手の甲にこすりつけてみてください。きっと女性から人気が出ると思うんです」

侯爵は不思議そうに木の栓を引き抜いて、まず匂いを嗅いだ。

「ほお、いい香りだな。花の香料か？　……ん？　ドロドロしておる。粘り気があるぞ。おお、よく伸びて、しかもすっと肌に浸み込む。これはいいな、女性だけでなく、誰でも喜んで使いそうだ」

「ふむ、なるほど……乾燥を防ぐのか。男も使えますな」

乳液に対する二人の反応は上々だった。

「次に、髪や体を洗うための液体です。固形のセッケンはこの世界にもありますが、それを液体にしたもので、肌により優しく使いやすいものにしました」

「液体のセッケンか。うん、これも香りがよい」

「貴族の、それも女性が欲しがりそうですな」

これも上々の反応だ。

「さて、あとは二つ、食べ物を持ってきました。まず、これをどうぞ。私はドーナツと呼んでいます」

ルートはバッグからナイフとフォークを取り出して、ドーナツを半分に切り、フォークを添えて二人の前に差し出した。

「ふむ、輪っかにしたパンを油で揚げたのか？　ん？　なにか、中に入っておるな。この香りは、シナモンだな……んん……美味い！　しっかりした歯ごたえで甘すぎない。それに、この中に入っているのはなんだ？　フワフワして優しい甘さだ」

「お気に召していただいたようでなによりです。中に入っているのは、チーズを作る際に分離した脂肪分を砂糖と香料を加えてよく練ったもので、クリームと呼んでいます」

「う～ん……これは売れますぞ、殿下。一個では物足りない。何個でも食べたくなる美味さじゃ」

「では、次に、パスタをどうぞ。フォークでくるくると巻き取ってから、お口へ運んでみてください」

「なんだこれは？　初めて見る料理だな。この細長いものをフォークで巻き取るのか？」

初めてパスタを食べる侯爵と子爵は、フォークで巻き取るのが難しそうだったが、すぐに慣れた手つきで口に運ぶようになった。

「美味いっ！　これは止まらんぞ、いくらでも食べられる」

「ニンニクとトマトが合いますな。細かく砕いたチーズも絡まって、まろやかさと濃厚さを加えておる……見事じゃ」

ルートが出した商品は全て侯爵たちの心をとらえたようだった。

「これらはまだほんの一部です。私の商会では今後、雑貨を売る部門と食品を提供する部門に分けてやっていこうと考えております」

侯爵と子爵は顔を見合わせ、小さく頷き合った。

「話はよく分かった、ブロワー。だが、商人が爵位を持った例はこれまでにもある。爵位を持ったからといって商売に差し支えるわけでもなかろう？」

侯爵の問いに、ルートは少し考えてから答えた。

「貴族になるからには、国のために、領民や領政のことに日々心を砕くことが必要になります。そうなると、商売に没頭するわけにもいかなくなり、結局、どちらも中途半端になって、失敗するような気がしているのです。私は、両方をそつなくこなせるような器用な人間ではありませんので」

「わははは……まだこんなに若いのに、誠実なのだな」

侯爵は楽しげに笑い、子爵は口元を引きつらせていた。

ルートはあとで知ったのだが、実はコルテス子爵家の始祖（しそ）は、元々商人で、ガルニア侯爵家への経済的な援助が功績と認められ、準男爵の爵位を受けたのだった。そこから執事を代々務めるようになり、男爵、子爵へと昇進してきたのである。

「まあ、商人としてはいい心がけでしょうな。青臭い考えも、まだ子供ならしかたがない」

「ふふ……分かった、ブロワー。お主の願いを叶えよう。侯爵家の御用商人の認可を与え、家紋を自由に使うことを許そう」

「本当ですか!?　ありがとうございます！」

「うむ。ただし、わしの申し出を断ったからには、他の貴族からの縁組や養子の話などがあっても一切承諾してはならぬ。よいな？」

「はい、命にかけてお誓いいたします」

「では、あとの細かいことは執事のライマンと話すがよい」

侯爵はそう言って、手を二回叩いた。

「失礼いたします」

先ほどルートを玄関から案内した三十代後半くらいの執事が、無駄のない所作で部屋に入ってきた。

「ライマン、話は聞いておったか？」

「はい、承知しております」

「うむ。では書状を用意し、契約の仔細（しさい）について、ブロワーとともにギルドへ行って取り決めてまいれ」

「はい、承知しました。ではブロワー殿、こちらへ」

◇◇◇

ルートがライマンとともに去ったあと、侯爵と子爵はワインを酌（く）み交（か）わしながら語り合った。

「なんとも、予想以上の難物（かたぶつ）だったな。甘く見ておったわ」

「はい。ロベルが策を授けたのでしょうが、到底一筋縄では捕まりませぬな」

「決して他の者に利用させてはならぬ。特に公爵一派にはな」

「陛下には、よくよく準備をしたうえで会わせることにいたしましょうぞ」

「うむ。だが、早く連れてこいとうるさくてなあ。どうしたものか……」

こうして、ルートは『ガルニア侯爵家御用達』の称号を持つ商人になり、侯爵家の紋章を商品につけることを許された。それは、『タイムズ商会』が一気に一流ブランドになり、国内トップクラスの商会になったことを意味する。

そして、その効果はすさまじかった。もちろん、品質が高かったこともあるが、売り出した商品は全てヒットし、生産が追いつかない状態が続いた。

さらにルートはスラム街をよりよい環境にすべく、ポルージャ子爵と相談して道路整備に次ぐ公共事業、『スラム街再開発計画』も動かし始めた。

店舗付きのアパートとともに、工房を二つスラム街に建設し、多くの人々を雇い入れた。

スラム街は徐々に発展していき、活気のある街に変わっていったのだ。

◇　◇　◇

めまぐるしく働いているうちに季節がめぐり、初夏の風が『タイムズ商会』の店内に吹き込む。
六月も二周目に入ったある日。商会の事務所にいたルートのもとに、ポルージャ子爵の使いが来て、封書を手渡した。
封を開けてみると、中には手紙とともに一枚の文書が入っていた。
手紙には、その文書が『声明文』であると記されている。

正式に教皇に就任したビオラは、全世界の元首に『声明文』を送り、今その声明文をめぐって、世界が大きく揺れているのだという。

ルートは早速その『声明文』に目を通す。

『主を信仰する全ての人々に、あまねく主のご加護があらんことを』という文章で始まる声明文は、新教皇としての彼女の希望と願いが簡潔な文章でつづられ、最後に世界の元首たちへ配慮してもらいたいことが三つ、箇条書きで書かれていた。

一、互いの国は足りないものを補い合い、余ったものは分かち合って不満や妬みが生まれないよう心掛けるように。

二、富が一部の者に偏ることがないよう、それぞれの国において制度の見直しをするように。

三、いかなる人も種族も不当な差別を受けることがないように。合わせて、不当な理由で奴隷が生まれることがないよう、制度の見直しをするように。

（ああ、なるほど。この三つ目が騒ぎの原因なんだな。ビオラ様も思い切ったことを言ったな。これって、もしかして、僕のためか？）

ルートの推理はあたっていた。ビオラは、ルートが母親と仲間の娼婦たちを解放するために、幼い頃から懸命に働いてきたことを知って、教皇になったら必ず、この世界から奴隷制度を撤廃するために働きかけようと心に決めていたのだ。

　これまでのルートは奴隷制は結局なくならないのではと思っていた。だからこそ自分は商会を設立して、別の角度から娼婦たちを救おうとしたのだ。奴隷を売買したり、労働力に使ったりして甘い汁を啜っている連中が、簡単に利権を手放すとは思えなかった。しかし、どんなに商会を大きくしたところで、奴隷は合法であるからと突っぱねられれば、それまでである。

（これは上手くいけば、大きな武器になるな。貴族社会がどう動くか……）

　あまり大きな期待はするまいとルートは思っていたが、実はこの世界で、ハウネスト聖教国の教皇の影響力は、彼の想像以上に大きなものだったのである。

　声明文が出されてから一週間後。
　グランデルの王城に重臣たちが招集されて会議が開かれた。議題は『声明文』に対して、王国としてどう対処するか、ということであった。
　出席した貴族の全員が、自分の領地で労働力として奴隷を使っている。農園、鉱山、汚物処理、そして娼婦など、一般の人間がやりたがらない仕事を奴隷が行うというのが、この世界の常識だったのである。会議は困惑した空気に包まれていた。

「ふん、バカバカしい。あんな小娘の言葉など無視すればいいのだ」

誰も口を開かない中で、ミハイル・グランデル公爵がそう言った。

彼は現国王のすぐ下の弟で、ポルージャと王都の間から東に広がる豊かな穀倉地帯を領地にしている。

「ミハイル、口を慎め。教皇様に対して無礼であるぞ」

「ああ、はいはい。だがな兄上、奴隷をなくすなど無理な話だと皆思っている。そうであろう？世の中にはきれいごとだけでは回らないことがあるのだ」

国王は小さく唸りながら、なにも言い返せず困った表情を浮かべた。

「だが、教皇様のお言葉を無下にすることはできまい。応じるにしろ、応じないにしろ、なにかしらかの行動を示さねばなるまいよ」

ガルニア侯爵が意見を述べる。

その言葉にミハイル・グランデルは苦々しい顔でフンと鼻を鳴らした。

「他の国はどうするつもりでしょうか？　どなたか、情報をお持ちではありませんか？」

リンドバル辺境伯の言葉に、出席者たちはお互いの顔を見合せる。その中で、北の国境地域を守るボース辺境伯がおもむろに口を開いた。

「北のブライズ連合国の中で、我が領土と接しているアルバン公国では、いち早く公女殿下が奴隷制の廃止を宣言されたようです。出入りの商人が申しておりました」

「なんと、奴隷制の廃止だと？」

出席者たちはざわめいた。

「公女殿下が動いたとなると、他の連合国もあとを追うことになるのではありませんか？」

「うむ、そうなるだろうな。公女は連合国の盟主だからな」

「他に情報はないか？」

王の問いに答える者は誰もいなかった。

「ふむ……もう少し、他の国々の動向を見定めたほうがいいな」

「そうですな。だが、遅すぎるといらぬ恥をかくことになります。ここは、各国に密偵を派遣してなるべく早く動向を探るべきかと」

ガルニア候爵の意見に、ミハイル以外の出席者たちは皆頷いた。

「またお得意の諜報部隊ですかな？　先日、我が屋敷の周りを嗅ぎまわっていた犬が一匹始末されましたが、あのような連中で大丈夫ですかな？　今回は、失敗すれば、国同士の大問題になりますぞ？」

ミハイルの言葉にガルニア侯爵は、表情一つ動かさず答える。

「はて、そなたの屋敷に犬を放った覚えなど全くないが、なんの言いがかりかな？　まあ、いい。今は今後のことを話し合うべきだ。陛下、派遣先としてはさしあたり、南のサラディン王国、西大陸のトゥーラン国とラニト帝国、東のバルジア海王国の四か国でいかがですかな？」

「うむ、それでいい。では、ガルニア侯爵の情報収集がすみ次第、後日会議を再招集することにする」

会議が解散したあと、王は別室にガルニア侯爵を呼んで、二人だけで話をした。

「諜報員のほうは大丈夫か？」

「はい、ご心配なく。ホアンがすでに優秀な密偵を各国に放っております」

「そうか、流石だな」

「陛下、実はこの件を考えていたときに、ひらめいたことがございまして……」

ガルニア侯爵はにやりと微笑んで王を見つめた。

「例の少年のことです」

「うむ、ルート・ブロワーか。あの少年がどうした？」

王は目を輝かせて身を乗り出すように尋ねる。

「はい。先日お話ししたように、かの少年は貴族になることを拒否いたしました。子飼いにできぬことは残念ですが、よくよく考えると、むしろよかったかもしれぬと、今は思っております」

「なぜじゃ？　この国のために働かせたほうがよいであろう？」

「はい。ですが、かの者の持つ力が広く知れ渡れば、よからぬ者が陰でそそのかすことが増えましょう。それに、かの者も大きな権力を握れば、野望を持たぬとも限りません。いや、そうなるのがむしろ自然。人間とはそういうものです」

「う～む……確かに、そうかもしれぬな」

王はため息を吐きながら、小さく何度か頷いた。

先日、王はガルニア侯爵から、ルートが侯爵の屋敷に招かれたときの話を聞いていた。

「ただ、だからと言って、このまま商人として市井の中に留めておくのももったいない。そこで、どうでしょう。王立学校の魔法科の教師として召し抱え、この国の明日を担う若い優秀な子弟たちを育てさせる、というのは？」

侯爵の思いがけない提案に、王は驚いたが、同時に感嘆の声を上げて大きく頷いた。

「おお、それは素晴らしいことだ。しかし、承諾（しょうだく）するだろうか？」

「陛下じきじきにお話になれば、よもや断ることはないでしょう」

「うむ、分かった。今回の会議が終わり次第、城に呼ぶことにいたそう」

「ぜひ、そうなさいませ。私はその前に一つ、かの者に『密偵を訓練してやってくれないか』ともちかけて、教師役をやらせてみようと思っております」

「ほう、それは面白そうだな。少年の力量を確かめるわけだな？」

「はい。かの者の魔法がいかほどのものか、それを確かめる必要もございます。さらに、かの者の他の能力も知ることができれば、一石二鳥(いっせきにちょう)の策と考えます」

「う～む、なるほどな。分かった、やらせてみてくれ。結果を楽しみにしているぞ」

「お任せください」

ガルニア侯爵は領地に帰ると、すぐにコルテス子爵のもとへ使いを送った。

「ほう、なるほど。ふふ……殿下も面白いことを考えられましたな」

子爵は顎を触りながら小さく何度か頷くと、意気込んで執務室を出ていく。

ルートがコルテス子爵からの呼び出しを受けたのは、その二日後のことだった。

使いからの手紙には、ただ日時と場所が書かれており、呼び出しの理由は分からない。

彼が呼び出された場所は、コルテスの冒険者ギルドだった。時間どおりに到着したルートがドアを開けて中に入ると、それに気づいたレミアが受付カウンターから出てくる。

「いらっしゃい、ルート君」

「レミアさん、お久しぶりです」

「その様子だと、もう大丈夫のようね」

レミアが言っているのは、おそらくリーナのことだろう。まだ、大丈夫には程遠いが、ルートは曖昧に微笑んでなにも言わなかった。

「領主様がギルマスの部屋でお待ちよ。ついてきて」

ルートは他の冒険者たちが注目する中、レミアの後ろについて階段を上っていく。

ギルマスの部屋では、コルテス子爵とゲインズがドアの外まで聞こえる声で話しており、なにやら盛り上がっているようだった。

「失礼します。ルート君をお連れしました」

「おお、来たか。入ってくれ」

中からコルテス子爵が呼びかける。

「お呼びと聞いて参りました」

「うむ、急な呼び出しですまなかったな。ここに座ってくれ」

コルテス子爵はそう言って自分の横を指さした。

普通、平民が貴族の横に座ることなどない。

子爵は、なにやらルートの機嫌を取ろうとしているようだ。

「ブロワー、改めて今回のビオラ様の護衛の件は礼を言う。それと、リーナのことは残念だった。なんと言ったらよいか……」

ゲインズがそう言って頭を下げる。

「ありがとうございます。僕のほうも、バタバタしていて直接報告にこられなくてすみませんでした」

「いや、それはしかたがない。ところで、商売のほうはえらく繁盛しているようじゃないか？」

「はい、おかげさまで……ええっと、今日は商売のお話ですか？」

ルートが問いかけると、横合いからコルテス子爵が口を挟む。

「ああ、いやいや、そうではない。では、本題に入ろうかのう」

コルテス子爵はそう言うと、ガルニア侯爵が王城に招集された会議のことから順に話し始めた。

「……というわけでな、その四つの国に密偵が派遣されることになり、わしに命令がくだされたのじゃ。わしの役目は密偵を育てることと、密偵から受けた報告を殿下にお伝えすることじゃ」

ルートは納得して頷いた。

「ところが、今回はなかなかに難しい仕事じゃ。見つかって捕まれば、当然容赦ない尋問と拷問を受け、どこの国の密偵なのかを吐かされることになる。下手をすれば、国同士の大問題になるし、密偵は常に命の危険と隣合わせじゃ。だから、密偵になりたいという者はほとんどおらぬ。現在、わしが育てた者たちはほとんど他の国に出払っていてな。今回の仕事に使えそうな者は二人しかおらぬ。それで、ゲインズに頼んで、冒険者の中から二人、新たな密偵を推薦してもらったのじゃ」

「二人とも、Bランクパーティの斥候役だ。かなり腕は立つ」

ゲインズが言う。

「だがな、さっきも言ったように、今回は国の中枢に潜入して、まだ公表されていない機密事項を得るという困難な仕事じゃ。ただの冒険者では不安がある」

コルテス子爵の言葉に、ルートはわずかな違和感を感じた。

(う〜ん、奴隷制度をどうするかっていう情報は、それほど重要な機密事項なのかな？　待っていれば、いずれ公表されるわけだし、秘密にすることでもないと思うけど……でもまあ、国の情報っていうのは、そんなものかもしれないな)

ルートがそんなことを考えていると、不意にコルテス子爵が、ルートに問いかけた。

「ブロワー、お前は密偵に一番必要な能力をなんだと考える？」

ルートは、まだ自分がここに呼ばれた理由が分からなかったが、子爵の問いに少し考えてから答える。

「そうですね、一番は、相手に見つかりにくい隠密能力ですかね。それと、とっさの判断力やひらめき、追いかけられたときに逃げる速さと、身体能力いったところでしょうか」

ルートの頭にはリーナのことが浮かんでいた。

「ふむ、その能力を見極めることはできるか？」

「ええっと、できると思います」

意外な質問にルートが戸惑いながら頷くと、コルテス子爵はにこりと微笑んで、こう言った。

「実はさっき言った四人が、今訓練場で訓練をしておる。彼らに足りないところをアドバイスしてやってくれないか？」

「もしかして、今日僕が呼ばれたのは……」

「うむ、そうじゃ。お前に彼らの臨時教官になってもらいたいと思ってな」

ギルドの広い訓練場は、今日は貸し切りなのか、例の四人以外の者の姿はなくガランとしていた。

二人は真面目に木剣で格闘の訓練をしていたが、残りの二人は片隅で寝転がったまま、ちらりとこちらに目を向ける。

「おい、ちょっと集まってくれ」

ゲインズの声に、格闘訓練をしていた二人はきびきびとした動作で走ってきた。だが、あとの二人は面倒くさそうにのそりと起き上がって歩いてくる。

おそらく、走ってきた二人がコルテス子爵のもとで訓練を受けている者たちで、残りの二人が冒険者たちなのだろう。男性と女性が二人ずついる。

「紹介しよう。皆も名前だけは聞いたことがあるだろう。こちらは冒険者パーティ『時の旅人』のリーダー、ルート・ブロワーだ」

ゲインズがそう紹介した途端、冒険者らしい若い男が、プッと噴き出す。

「ぎゃははは……噂にゃ聞いていたが、本当にガキだったんだな？　こいつは笑えるぜ」

「今日一日、彼のことはブロワー教官と呼んでもらう。分かったな、ジェンス？」

「ぶははは……ブロワー教官だとよ。ひひひひ……」

「分かったな、ジェンス？」

「ああ、はいはい、分かりましたよ。教官だろ？　ぷくくく……」

「あんた、笑いすぎ。ほんと、馬鹿なんだから」

もう一人の冒険者の女性がジェンスに話しかける。

「うるせー。だったら、おめえはこんなガキを教官なんて呼べるのかよ」

「ああ、呼べるよ。大金をもらったんだ。それくらい我慢するさ」

「もういい、それくらいにしろ。とにかく、これからブロワーに、お前たちの能力を見てもらう。それから、一人ずつ密偵として足りない部分を指摘してもらい、それを補うための方法を教えてもらう。いいな？」

四人は誰もがゲインズの言葉をまともに信じていなかったが、冒険者二人は金のため、密偵の二人はコルテス子爵に認めてもらうため、訓練を受けることを承諾した。

「では、あとはよろしく頼む。聞き分けの悪いやつは、容赦はいらん。厳しくしてやってくれ」

ゲインズはルートの耳元で囁いた。

ルートは小さく頷いてから微笑みを浮かべる。

「ええっと、今紹介していただいた、ブロワーです。今日一日、教官をやれと先ほど急に言われて戸惑っていますが、頑張りますのでよろしくお願いします。それでは皆さん。まずは名前から教えてください。そのあと、能力検査のやり方を説明します」

ルートは四人の前に進み出てそう言った。

「私は、カイトと申します」

「わたしはメイです」

「あたいはアネットだよ」

「俺はジェンスだ、教官さんよ」

「カイトさん、メイさん、アネットさん、ジェンスさんですね。ありがとうございました。では、やり方を説明します。今から、僕がこの訓練場に、迷路を作ります。皆さんは一人ずつ、入り口から入って、一番奥にいる僕のところまで到達して僕を殺してください。もちろん、僕は死にませんから心配しないで。剣なり魔法なりで攻撃してください。一人終わったら、ちょっと迷路を作り変えて、次の人に入ってもらいます。分かりましたか？」

「ああ、分かったけどよ。迷路を作るって、どういうこったい？」

「そのままの意味です。では、ちょっとここで待機していてください」

ジェンスの言葉にルートはそう答えると、訓練場の真ん中へ歩いていく。そして目を瞑り両手を前に出した。ルートは分厚い壁が複雑に入り組み、所々に落とし穴や行き止まり、抜け穴などがある迷路をイメージする。明確にイメージしながら、少しずつ土魔法で壁を作っていく。

「はああ？　な、なんだありゃあ」

「す、すごい、夢でも見ているのか？」

「ど、どういうこと？」

「こんな魔法初めて見るわ」

四人は驚きのあまり、あんぐりと口を開け、横で見ていたコルテス子爵も思わず身を乗り出して唸り声を上げた。

「あ、あれは《土魔法》か？　なぜ、あんな複雑な形を作れる？」

「彼にとってはあれくらいは簡単なのでしょう。聞いた話ですが、ポルージャの街には、彼が一晩で作り上げた集合住宅が、十棟（じゅっとう）並んでいるとか」

「な……あり得ん。どれだけの魔力を持っていればそんなことができるというのじゃ」

ゲインズから衝撃的なことを聞かされ、コルテス子爵はルートの能力に驚嘆する。

「よし、できましたよ。じゃあ、誰から行くか、順番を決めましょうか？」

広い訓練場のほとんどを埋め尽くす土壁の迷路を作り上げ、ルートが出てきた。

「よ、よし、俺から行くぜ」

「じゃあ、その次はあたいがやるよ」

「では、私が三番目に」

「わたしが最後ですね、分かりました」

四人が口々に言う。

「ジェンスさんからですね。僕が迷路の中心に入ったら、合図の《ファイヤーボール》を打ち上げますので、そうしたらスタートしてください」

「おう、ちっとばかしビビったが、すぐに攻略してやるぜ」

ルートはにこにこしながら、迷路の中へ消えていく。

そして、二分後、中心部から小さな火の玉が勢いよく打ち上がった。

「へっ、どんな仕掛けがあろうと、上を飛んでいけば関係ねえんだよ」

最初のチャレンジャーのジェンスは、そう言うと、三メートル近くある壁の上に飛びのって、壁を飛び移りながら一気に中心部を目指した。

「ほお、なかなか身軽なやつじゃな」

コルテス子爵は感心しながら楽しげにつぶやく。

「よっしゃあ、もらったあっ！」

中心にいるルートの姿が見えたとき、ジェンスはそう叫んで、一気にジャンプし、壁を飛び越えようとした。

バコン！

しかし衝撃音とともに、「ギャッ」というジェンスの悲鳴が響き渡る。

彼は、中心部の周囲に張ってあった結界にまともにぶつかり、そのまま落下して、落とし穴に落ちてしまった。どうやら気を失っているようだ。ルートは苦笑しながら、穴の底の土を盛り上げてジェンスを引き上げると、彼の体を担いで出口へ向かう。

「すみません、どなたか水を持ってきてジェンスさんにかけてあげてください」

「わたしが持ってきます」

メイが水を取りにいき、カイトとアネットは気を失ったジェンスを引き取って、壁際に寝かせた。

「ほんと、バカだよね、こいつ」

アネットが笑いをかみ殺しながらつぶやく。

「じゃあ、次はアネットさんですね。合図はさっきと同じです」

「ええ、分かったわ、教官」

アネットはルートにそう言ってウインクした。

(さて、ちらっとステータスを見たけど、この人は《魔力感知》と《気配遮断》のスキルを持っている。ちょっと期待できるかな)

ルートは中心部に立って、合図を打ち上げながらそんなことを考えた。

アネットは、その期待どおり、気配を断ちつつ罠や障害を難なく突破して三層目にたどり着いた。

残りはあと二層である。

ところが、ここで彼女は致命的なミスを犯した。ルートの位置を確かめるために、《魔力感知》を使ったのだ。

（ああ、やっちゃったか。普段、魔物しか相手にしていない癖が出たんだな）

ルートは心の中でつぶやいた。

ルートはいまだに《魔力感知》のスキルは獲得できていない。しかし、敵の位置を察知するにはなんらかのスキルがどうしても必要だ。そこで、ルートは《創造魔法》で新たなオリジナル魔法を創作した。

その魔法は《ボムプ》という。魔力に色をつけ、見えるようにしたのである。

《ボムプ》を使えば、魔力が赤く見える。相手が魔法やスキルを使おうとしていることを察知できるというわけである。

さて、《魔力感知》を使ったために、アネットはルートに自分の位置を教えてしまった。

ルートは魔力をたどり、彼女がいる方向に杖を向け、進行方向の横の壁から次々に柱を突き出させた。アネットは最初のいくつかは上手く躱したが、ついに三本の柱の間に体が挟まってしまい身動きが取れなくなった。

「惜しかったですね、アネットさん」

ルートは柱の間に挟まったアネットのところへ行って、柱を土に戻し、解放する。

「ああ、悔しいっ！　もうちょっとだったのに」

「そうですね。でも、あなたは致命的なミスを犯しました。あとでお話します」

「えっ、そうなの？　ああ、悔しいなあ」

アネットはそう言いながら、迷路の外へ出ていった。

次のカイトは、流石にコルテス子爵のもとで訓練しているだけあって、そつなく三層へたどり着いた。あとはスピード重視で走り抜ければ、ルートのいる中心部にたどり着くのだが、いかんせん、彼は慎重すぎた。ルートが壁の位置をずらしたり、道を塞いだりしていたら、とうとう先へ進めなくなり、自らギブアップを宣言したのである。

最後は、メイだった。四人の中で一番若い彼女が一番優秀だった。彼女は特別なスキルは持っていなかったが、その分判断力が優れており、身体能力が高かった。

「やあああっ！」

中心部にたどり着いたメイは、一気にルートに駆け寄りナイフを突き出す。

彼女の弱点は、対人戦闘に慣れていないところだ。

ルートは一か所に立ったまま、杖で彼女の攻撃を払い続ける。

「はい、ここまで。おめでとうございます。メイさんは合格です」

「は、はい、ありがとうございます！」

メイは礼を言って、頭を下げた。

「ただし、戦闘はまだまだです。今のままだと殺される確率が高いです」

「あ……は、はい」

ルートはしょんぼりしたメイとともに、迷路の外へ出ていった。

「皆さん、お疲れ様でした。では、これから反省会と今後の訓練の方針を話し合いましょう」

「けっ、話し合うもなにも、あんな卑怯な手を使われて、はい、そうですかって、言えるかよ」

「卑怯？　なにを甘ったれたことを言ってるんですか？」

ルートは声音を低くして、ふてくされたジェンスを睨みつける。

「な、なんだよ、卑怯だろうが。結界なんてよ。そんな魔法使えるやつがごろごろいてたまるか」

「いないとどうして言えるんです？　おそらく、皆さんが潜入する国家の中枢には、もっと複雑な罠が仕掛けられているはずですよ。あなたがこれから戦う相手は、魔物ではないんです。高い知能を持った、人間なんです。今のあなたなら、簡単に罠にはめられて捕まってしまうでしょうね。それがお望みなら、どうぞ出ていってください」

「くそっ……ああ、出ていってやるよ。お前みたいなクソガキに付き合っていられるか」

ジェンスはそう言い捨てると、去っていこうとした。

「負けたまま逃げるのか？」

視察席から出てきたコルテス子爵が、去っていこうとしているジェンスに言う。

ジェンスは立ち止まって、悔しさにブルブルと拳を震わせて地面を見つめた。

「俺は負けたんじゃねえ」

「出ていくのは、自分でそれを認めたのと同じだ」

「違うっ！　決闘なら……決闘ならあんなガキには負けねえ」

「彼はああ言っているが？　ブロワー、決闘を受けてやるかね？」

ゲインズがコルテス子爵を諫めようと口を開きかける。

「僕は卑怯な戦い方をしますよ。それでもやるというなら、いいですよ」

「おい、お前まで、なにを……」

ゲインズがルートとジェイスを交互に見つめる。

ここまで追い詰められたら、ジェンスは意地でも闘う他なかった。

「くそっ、くそ、くそ、くそっ……やってやる」

ルートがメタルスタッフをさっと一振りすると、聳え立っていた迷路は跡形もなく土に帰って、元の訓練場に戻った。

「いいですよ。いつでも始めてください」

「よし、では、わしが審判を務める。勝負がついたと判断したら止めるからな。では、一本勝負だ。始めっ！」

コルテス子爵が開始を宣言した瞬間、ジェンスがルートの目の前に迫る。彼は《加速》のスキルを持っていたのだ。

ガキーン！

ジェンスのダガーがルートの首を切り裂いたと思った瞬間、金属音が響き渡る。

「くそがあああ、また、結界かっ！」

「あなたには、《加速》のスキルがあるんだ。頭を使えば、もっと強くなれるはずですよ」

ルートは杖を振って、ジェンスの体を《風魔法》で空中に巻き上げた。猛烈な回転でしばらく彼をもてあそんだあと、魔法を止めて地面に落とす。

ジェンスは目を回し、なんとか立ち上がろうとしたが、ふらついて立つことができない。

ルートはとどめに、氷で彼の体を固めた。

「すごい……全て瞬時に、無詠唱で発動している。こんな魔法、初めて見た」

「Bランクの斥候が子ども扱い……あははは……笑っちゃう。なんなのよ？　あの子は」

メイとアネットが呆然としながらつぶやく。

（う～む……全属性の魔法をまるで息でもするかのように、いとも簡単に操りおる。ブロワーに勝

てる者は……思いつかん)

コルテス子爵はジェンスをそそのかし、ルートの能力を測ろうとしたのだが、その底知れない強さに思わず身震いした。

「コルテス子爵、もう勝負はついたということでいいですか?」

「あ、ああ、勝負あり。勝者はブロワー」

ルートは氷を消し、《風魔法》と《火魔法》を合成して、ジェンスの濡れた体を乾かしてやった。

「さあ、ジェンスさんもあちらに座ってください」

ジェンスはすっかり意気消沈して、おとなしく他の三人のところへ歩いていった。

「さて、では本題に戻りましょう。僕が気づいた皆さんの弱点から説明していきますね。まず、ジェンスさん。あなたは、実に素晴らしい才能を持っています……」

うなだれていたジェンスは、いきなりの誉め言葉に、ぽかんとした顔でルートを見上げる。

「あなたは《加速》という、貴重なスキルを持っています。そのうえ、身体能力も素晴らしい。ただ、今はそれをやみくもに使っているだけで、実にもったいないです。これからあなたに必要なことは、『考えること』です」

「考えること? ……悪ぃが、俺は頭が悪いんでな。そいつは難しいな」

「頭のよしあしは全く関係ありませんよ。行動する前に計画する。これはあなたも普段から無意識にやっているはずです。それを、少し意識してやるだけです。よく見て、よく考える。これだけで、あなたは格段に強くなります」

「だ、だけどよ、どんな訓練をすればいいんだ？　教えてくれ」

ルートは、にこっと微笑んで頷いた。

「あとでもう一度迷路を作りますから、それを何回も、とことん攻略してください」

「おう、よっしゃ、やってやるぜ」

前向きなアドバイスをもらったジェンスは、やる気満々で拳を掲げた。

ルートは次にアネットに目を向ける。

「次に、アネットさん」

「はい、教官！」

アネットは、もうすっかりルートを見直しており、目を輝かせて姿勢を正す。

「あなたも素晴らしい素質の持ち主です。《魔力感知》と《気配遮断》というレアなスキルを二つも持っています……」

「えっ、ちょっと待って。あたい、スキルのことは誰にも言ってないのに、なんで分かったの？」

「ああ、ええっと、僕もスキルを持っているんです」

ルートは《解析》でステータスを見た、とはもちろん言わなかった。

「それでですね、そのレアなスキルが逆に致命的なミスとなったんです」

「あっ、そっか！　あたいが《魔力感知》を使ったから、あたいがいるところがバレたんだね？」

「そういうことです。《魔力感知》は魔物相手には便利ですが、せっかく気配を消して近づいても、同じスキルを持った人間には、自分の存在を教えてしまうことになります。だから、敵に近づいたら、目視に徹すること。これは人間相手には鉄則です。それと、アネットさんは、もう少し身体能力を上げたほうがいいですね」

「あっちゃあ、完全に弱点暴かれてる。イエス、教官！　頑張ります」

「じゃあ、アネットさんもジェンスさんと一緒に迷路攻略を繰り返してください」

ルートは次にカイトに目を向けたが、彼は肩を落としてうなだれていた。

「カイトさん、そんなに落ち込むことはありませんよ」

カイトは顔を上げて、苦笑を浮かべながらルートを見つめた。

「慰めはいりません。自分のふがいなさは自分が一番よく知っています」

ルートは少し考えてから、彼に尋ねた。

「カイトさんは、もしかして兵士だったのですか？」

カイトが驚いたような顔でなにか言いかけたとき、横からコルテス子爵が答える。

「そうじゃ。カイトは近衛部隊の一員じゃった。メイはカイトの異母兄妹じゃ。二人の素質を見込んで、わしが密偵部隊に入れたのじゃ」

「なるほど。流石は子爵様、お二人の才能を見抜いておられたんですね。カイトさん、あなたは兵士としては大変優秀です。戦場なら武勲（ぶくん）を重ねて出世されることは間違いありません。ただ、まだ兵士の習慣が抜け切れていないので、密偵としては中途半端なのです……」

「はい、自分でもそう思います。どうすればいいのでしょうか？」

カイトは姿勢を正して尋ねる。

「そうですね……自由で柔軟な思考、早い決断、大胆な行動、この三つを意識してみてください。やはり、実践の積み重ねが一番だと思います。あとで、僕と一緒に『毒沼のダンジョン』に行きましょう。魔物で実践をしながら、できれば《加速》か《気配遮断》のスキルを獲得したいですね」

「はい、分かりました。よろしくお願いします」

カイトへのアドバイスが終わり、ルートは最後にメイに目を向けた。

「メイさん。スキルを持たないのに迷路を攻略したあなたの能力は素晴らしいです」

「あ、ありがとうございます」

「密偵への適性は十分ですから、あなたも異母兄（おにい）さんと一緒に『毒沼のダンジョン』で、実戦経験を積んでください。スキルが身につくように、魔力を周囲に流して感知する訓練なんかをしたらどうでしょう。あと格闘が未熟ですから、そこも強化しましょう。《体術》のスキルもいいと思います」

「はいっ！　分かりました」

「では、昼まで頑張っていきましょう」

「「はいっ」」

「おうっ」

ルートが声をかけると、四人が元気よく返事をする。

（恐れ入った……なんと的確な助言じゃ。あのわずかな時間でここまで一人一人の能力を見抜くとは……古の英雄、勇者を超えているかもしれぬ。う～ん、これから、どうしたものか……）

コルテス子爵は、感嘆しながら頭を悩ませた。

一方ルートは、子爵が彼を試すために用意したイベントだとは知らぬまま、教官という役目に充実感とやりがいを感じていたのだった。

◇　◇　◇

それから三日間、ルートは彼らの訓練に付き合った。

その結果、彼らの密偵としての能力は飛躍的に高まった。

それぞれが指摘された欠点の克服に努めた成果だ。四人のうち三人が新たなスキルを獲得した。

ジェンスは残念ながらスキルを獲得できなかったが、元々持っている優れた能力が強化され、さらに計画的かつ周囲に配慮した行動ができるようになった。

アネットは、《加速》のスキルを獲得し、身体能力が大きく向上した。

カイトは《索敵》のスキルを獲得し、大胆な行動ができるようになった。

メイは《体術》のスキルを獲得し、苦手だった接近戦を克服した。

彼ら四人は、密偵として西の大陸のトゥーラン国とラニト帝国に派遣されたのだが、このあとに起こる歴史的な大事件の際、王国の危機を救う大切な働きをすることになるのである。

第十一章　助かった命

「おお、目が覚めただな？　丸二日寝てただよ。腹減ったべ？」

ぼんやりとした視界に、突然若い男の顔が現れる。

「ほれ、麦粥（むぎがゆ）を作っただ。ん？　まだ具合が悪いだか？　なあ、言葉は分かるか？」

「う、ん……分かる。ここは、どこ？」

銀髪の少女が体を起こし、あたりを見回す。

なんとそれはビオラをかばって死んだと思われていたリーナだった。

彼女は、実は死んではいなかった。生きていたのだ。それはまさに奇跡という他なかった。

彼女が、あのスタイン・ホレストの《ラギ・ラドール》の魔法に巻き込まれたのは事実である。

白い光に包まれ、激しい衝撃のあと、彼女は意識を失った。

なぜ彼女は生き延びられたのか、それは二つの幸運のおかげだった。

一つは、彼女の立った位置が、たまたま二つ目の転移魔法陣に触れていなかったことである。

もし、境界に触れていたら、恐らく体が引き裂かれていただろう。

二つ目の幸運は、事前にルートが彼女にかけていた《防御結界》が守ってくれたことだった。

爆発の衝撃で《防御結界》は壊れたものの、幸い上着とズボンが破れたくらいですんだのだ。

一つ目の転移魔法陣が発動し、膨大なエネルギーで彼女は遥か遠くのリンドバル辺境伯領まで転移してしまった。落下せずに山中の地面に移動できたことも不幸中の幸いである。

だが、命は取り留めたものの、代わりにリーナは大きなものを失っていた。

意識を取り戻したとき、彼女はそこがどこか分からなかった。それどころか、自分が誰かさえ分からない状態だったのである。そう、彼女は過去の記憶を失っていたのだ。

不思議と、言葉だけは忘れていなかったので、話すことはできた。

「ここか？　ここは、リンドバルの東の山ん中だ。おめえ、名前はなんていうだ？」

「……名前……分からない……」

「……そうか。よほどひどい目に遭って、記憶を失くしたんだべ」

リーナはそう言われて、初めて自分が下着だけの姿だと気づき、動物の毛皮を縫い合わせたかけ布団で胸を隠す。

「あ、いや、誤解すんなよ。オラはぼろぼろの服を脱がせて寝かせただけだかんな。なんもしてねえぞ」

「ん、ありがとう。助けてくれたんだね」

「う、うん、まあ、そういうことだ。朝から森ん中へ猟に出かけたら、道端におめえが倒れていたんだ」

「そう……なにも……なにも思い出せない……」

「まあ、焦んな。ゆっくり養生してれば、そのうち思い出すこともあんべ。な？」

リーナを助けた若者はトッドといい、今年で二十二歳だ。

彼は人里離れた山中で猟を生業にしながら暮らしていた。元々は両親と兄と四人で暮らしていたが、五年前、家族でホーンラビットの追い込み網猟をしていた際、突然現れたランドウルフの群れに襲われた。

父親と彼はなんとか助かったが、母親と兄は殺されてしまった。そして、父親も、そのときの足のケガが治らず、結局あとを追うように、敗血症で息を引き取った。

天涯孤独の身になったトッドは生まれ育った家を捨て、リンドバルの街で仕事を見つけて移り住もうかとかなり悩んだ。しかし、両親や兄の墓もあり、住み慣れたこの家を離れるのも嫌だったので、ここに残ることにしたのだ。

不便さを我慢すれば獲物は豊富だし、森を切り開いた畑に野菜や麦も作っていたので、生活する分には困らなかった。

こうしてリーナは、その人里離れた山小屋で、青年とともに暮らすようになった。それ以外に彼女には生きるための選択肢がなかったのだ。

「はああ、おめえ、すげえな。装備も一級品だったたし、たぶん高ランクの冒険者だったんじゃねえだか？」

回復し、トッドの母親が着ていた毛皮の上着とズボンを借りて、初めてトッドと一緒に狩りに出たリーナは、ホーンラビットや野生の猪を苦もなく仕留めて、トッドを驚かせた。

「冒険者……」

リーナはつぶやいて、一生懸命記憶の手がかりを探ろうとする。なにか、とても大切なことがあったような気がするが、どうしても思い出せなかった。

「心配すんな」

トッドが、リーナの肩に手を置く。

「ゆっくり時間かけて思い出せばいいんだ、な?」

「う、ん」

トッドは、間近で見るリーナの銀色の髪と整った美しい顔立ちにうっとりと見入るのだった。